鴨川ランナー

グレゴリー・
ケズナジャット

Gregory Khezrnejat

講談社

目次

装画＝鮫島ゆい
「Ordinary picture (Frame)」(2020年)
装丁＝川名 潤

鴨川ランナー

鴨川ランナー

きみが初めて京都《きょうと》を訪れたのは十六歳のときだ。この時点できみはすでに二年間、日本語を学習している。

最初は日本語に対して何かの接点があったわけでもなく、別段興味があったわけでもない。高校に入学して外国語科目を紹介する冊子を渡され、一つを選択するように指示されるまで、他言語の存在はただの概念に過ぎなくて、きみとは無関係なものだった。授業の一覧に定番のスペイン語はもちろんあり、フランス語もドイツ語もあった。その中で唯一馴染《なじ》みのアルファベットを使用しない日本語は、部外者のように、何かのミスがあったかのように孤立していた。

紙面の上で珍しい宝石のように輝いていた綿密な文字に気がつくと、きみは思わず手の動きを止めて目を凝らす。意味どころか、発音すら想像がつかない。じっと眺めて理解しようとするものの摑《つか》みどころはない。拒まれたというわけではなく、文字はただそこに立っていただけで、きみの視線は文面に触れるたびにするっと滑り落ちる。その無頓着さは魅力的でもあり、挑発的でもあった。きみは日本語を受講すると決意した。

授業の開始日に教室に入るとその不思議な文字はあらゆるところに飾ってある。黒板の上に並んでいるティッシュのように薄い紙も、壁に貼ってあるエキゾチックな景色のポスターも、教室の後ろ側で無造作に積まれた奇妙な形体をした書物も、すべてがあの言語とは思えぬものを呈している。生徒は意外と少なくて、先生を入れても一桁の人数しかいない。三十代の小柄な女性が黒板の前に立っており、なぜか自分の鼻を指差しながらセンセイ、センセイ、マキノセンセイ、と聞き取りにくいことを繰り返し言っている。女性は生徒たち一人一人に同じく指差しながら、また別の音を発する。

――オナマエハ？　ユアー・ネーム？

日本語なのか、わけの分からない言葉をいったん発した後、辛うじて聞き取れる英語でセンセイは名前を尋ねてくる。きみは自分の名前を述べる。

マキノセンセイは数秒考えてから、厳しそうな、まっすぐな直線を黒板に書き連ねる。

一本一本の線がいつしか形なるものを形成する。きみの名前のように聞こえながらも、それでも同時にまた違う音をマキノセンセイは出す。

——ユアー・ネーム、とマキノセンセイが教えてくれる。

きみはしばらくその形の羅列を眺める。不慣れな手できみは新品のノートに注意深く書き写す。二回、三回。模写しながら静かな声でマキノセンセイが発した音を真似してみる。そこに書いてあるのは自分の名前のはずなのに、部屋中の文字と同じようにきみの理解を簡単に跳ね返す。麻痺《まひ》した足のように、それが自分の一部であるという感覚をすっかり欠いている。

その日からきみは週三回日本語を学習する。マキノセンセイの学習法はきみの性に合っている。ひらがなを暗記する、カタカナを暗記する、小一レベルの漢字も暗記する。まるで珍しいブロックを搔《か》き集めて積み立てるような単純作業で、収集家気質をくすぐるものがある。聞き取れないほどカタコトの英語と聞き取れないほど流暢《りゅうちょう》な日本語を交代で喋《しゃべ》るマキノセンセイに合わせてきみは例文を暗唱する。センセイが何度も同じ言葉を繰り返し、そしてきみは何度も鸚鵡《おうむ》返しする。

——オハヨウゴザイマス。

——オハヨウゴザイマス。

——オゲンキデスカ。

――ハイ、ゲンキデス。

言葉にならぬ、意味もなさない、純粋な音としてきみはセンセイが発する音を身につける。口を動かし、肺に溜まった空気を適度に吐き出す。何度も動きを繰り返すとその音が神経や筋肉に染み込んでくる。センセイが挨拶するときみの身体は脊髄反射を起こし、否《いや》応《おう》なく相応する音が口から漏れてくる。

――オハヨウゴザイマス。

――ハイ、ゲンキデス。

以前まったく解せなかった文字に意味と音が徐々についてくる。最初はゆっくりと、それから少しずつ速度を上げて読めるようになる。その感覚は愉快だ。ゲームの中で新しいスキルを入手するときのような、校舎の廊下で落とされた手紙を拾って読むときのような、閉ざされたはずの世界が開いてくれることの達成感がある。少しずつ、それぞれ別個のものが巨大な物体として組み立てられ、ときにはきみはこの言語の全体が垣間見えるような気さえする。

学習ノートの空白にきみは名前を繰り返し書き、凝視して、そこに自分のことを見出そうとする。未《いま》だにその文字が自分の一部だという実感はないが、きみは必死にそれを感じようとする。

日本という遠く離れた国で日本人というよく知らない人たちが日本語を使っている、教科書に書いてあるその事実をきみは知っているが、四六時中その言語の中で生きている人々の世界がうまく把握できなくて、その光景を自分の目で確かめたいと思う。あの文字に出会ったときと同じように未知なものがきみの想像を掻き立てる。夏休みに日本への語学旅行があると聞いたとき、きみはすかさず応募する。

きみたち参加者がマキノ先生とともにカンクウに着陸したら大雨が降っている。これはもしかしてレイニーシーズンというやつじゃないか、ときみは一瞬考えるものの、誰かに訊《き》いて確かめる暇もなく先生に促されたまま手荷物を取りに行き、京都へ向かう特急列車に乗り込む。人生で初めて乗る列車の窓から見る午後の風景は雨脚でぼやけている。木の形、建物の造り、標識の字体、どれもきみが知っているものに似ていて、どれもまた違う。窓から目を離して車内を見回しても取り縋《すが》れそうなものは見当たらない。表示画面に映る文字といい、周りの座席から聞こえてくる話し声といい、そのすべては何気なくきみに語りかけている。

ここにはきみの教科書に到底収まらない世界がある、と。

旅館に着いたら時間はまだ早いが、きみは時差で強烈な眠気に襲われ、すぐに布団に潜り込む。一晩中、妙に鮮やかな夢を見る。

翌日、きみたちは先生の後をついて京都市内を歩き回る。先生が用意した盛り沢山の旅程に添ってさまざまな名所を案内してもらう。なんとかテンプル、なんとかシュライン、なんとかキャッスル。眠気と暑さでぼうっとした頭の中でその光景が全部ごっちゃになる。もしそれぞれの歴史や特徴を知っていれば興味が湧いたのかもしれないが、遠く離れたところから来た高校生のきみは背景を知らないし、七月の炎天下でいつまでも歩かされているとどのテイエンもトリイもコイポンドもだいたい似たようなもののように見えてくる。

ようやく自由時間を与えられるときみは一人で旅館の外へ出る。夕方だが昼間の暑さはまだ残っている。激しい眠気と軽度の気持ち悪さがいささか落ち着いてきたが、物質と思われるほど厚みのある湿気にぶつかるとまた吐きそうな感じがする。きみにとっては今回が初めての海外旅行だ。先生に言われたように、よく分からないものに出会うのを覚悟していたけれど、こんなに身体にもこたえるのは予想できなかった。

きみは地図を持っていない。出発する前に地元の書店でマウントフジの写真で飾られたガイドブックを買ったが、今夜は旅館に置いて出かけた。ただ漠然と、気の向くままに街中を歩いてみたい。京都はチェッカーボードのように交差する直線の通りでできているから、迷う心配はまずない。

旅館の路地から大通りに出ると大勢の歩行者が見えてくる。歩道だけでなく車線も埋まっている。きみと同じようにデニムやTシャツというフツウの身なりをしている人もいれば、薄っぺらいキモノのような服を着ている人もいる。先生の話によると今夜はなんとかフェスティバルで、明日の日程に入っているパレードのような行事の前夜祭だそうだけれど、詳しくは知らない。

しばらく歩いてみると、町並みが徐々に変わる。低くて地味な建物が過ぎ去って、高く聳《そび》えるビルが現れてくる。交差点に着くと、きみの知らないチェーン店が理解不可能な文字で得体の知れない新商品を発表している。デパートのような建物の一面から数階分を占めるポスターがぶら下がっている。きみの知らないモデルがきみの知らない飲み物を高く掲げ、きみではない誰かに向かって美しい笑顔を見せている。ビールの広告なのか、イベントの宣伝なのか、それともまったく別の意味を伝えようとしているのか、きみには知りようがない。女性の顔の下に記された文字さえ読めればすべてが明確になるだろうが、きみが見たこともない画数の多い漢字がいくつかあるし、その間を繋《つな》ぐかな(...)も見慣れぬ字体で読みづらい。

ポスターの意味は分からないままで終わるだろう。この旅行の多くの謎と同じように。きみにできるのは、きみではない誰かに向けられたその笑みの横取りを楽しむことしかない。

信号が変わって、警官が笛を鳴らし、きみは周りの人とともに道路を渡っていく。身長の高さのおかげで、きみは周りの人をよく観察できる。家族連れもカップルも友達同士も。子供もいれば老人もいて、きみと同じ世代の高校生らしき者もいる。

両側の歩道に揚げ物やお酒や焼き菓子を出している屋台がみっしりと並んでいる。人の流れとともにゆっくりと前進しながらきみはそれぞれの屋台に書かれた言葉を読もうとするが、一文字一文字を解釈するのに時間がかかる。教室ではきみが見た日本語は教科書の大きくてくっきりとした活字と、先生の丁寧な板書に限られていた。同じ文字にこれほどの多様性があるのは予想できなかった。

どこを見ても、きみの理解を拒む表象がある。標識といい、文字といい、イメージといい、それぞれの記号が内容にくっつくことなく、ただぼんやりときみの目の前に浮かんでいる。いきなり非識字者になったようなパニックが迫《せ》り上がってくる。しかし同時に、興奮を感じているのも確かだ。これらの表記の表面下で、きみには知らない論理が働いている。

言葉だけでなく、五感に訴えるあらゆる物事がきみの理解を逃れる。露店から漂ってくる匂いも、街を充たす喧騒《けんそう》のような音楽も、空気の感覚だって少し違うような気がする。長い間高熱にうなされてようやく起き上がった病人のようにたどたどしい足取りで歩きながら、眼前にある不思議に合わさらない現実をなんとか収めようとする。

今朝訪れたテンプルでも、マキノ先生がクラスのためにその光景を英語で解説してくれた。

――これはオマモリと言う。

――英語で言うとアミュレット。

――ここでは、みんなオイノリをする。

――つまり日本式のプレイヤーのこと。

本当にそうなのか。

オマモリがアミュレットになるとき、何かが失われてしまうのではないか。

きみはなぜかそれが気になって仕方がなかった。しかし先生にその話を持ち出そうとしたら、自分の思いを適切に伝える言葉を、英語でも日本語でも、持ち合わせていないことに気づいた。

経験したことのない感覚だ。地元では、きみがもつ言葉は周りの物事に常に密着していた。たとえ知識に穴があっても、その穴なるものを説明する言葉が自分にあった気がする。が、この街で見たものは母語にあった様々な境界線に抵抗する。世界を理解可能とする、はっきりとした複数の線がぼやけてきて、きみはめまいがする。

あのガイドブックを読んでみれば今夜の行事について何かが分かるかもしれない。無理やりに理解しようとする手もあるだろう。あ、これは日本風の何々とか、これは要するにワレワレのあれに相応するものだなとか、そうやって生半可の知識に信頼を置き、自分の理解を超えるものを排除したら安堵《あんど》を覚えるだろう。

しかしそれを嘘《うそ》のように感じる。あまり早く分かったつもりになると、何かを見失うような気がする。もう少し素直に今の経験を受け入れたい。

きみを囲い込む人集《ひとだか》りから熱気が伝わってくる。目前に広がる黒髪の海の先を見ようとしたら数百メートル前方にまた大きな交差点があって、その先には確かに緑の兆しが見て取れる。

交差点に着くとようやく人間の波が砕け、それぞれの方向に流れていく。長いビルの谷がいきなり終わり、先に樹木が見えてくる。公園か、またはもう一つのテンプルかもしれない。しばらくその方向に進むと、そこで初めて川が現れる。

街並みのあまりにも急な変化にきみは一瞬当惑するが、そのまままっすぐ歩き、川を渡る橋に入っていく。きみは人混みの間を縫って真ん中辺りでいったん足を止め、絶えず流れる歩行者を避けながら手摺《てす》りを握る。

きみは北のほうから静かに流れてくる川の水面を眺める。夕焼けの輝きでその深さが知れない。左側の河岸に面する建物に、高い柱の上に立つ台がついていて、その上でランタンに照らされた人々が夕食をとっている。右側の河岸に一層古そうな建物が低い山々を背景に立ち並んでいる。そして両岸にさまざまな人間が川縁《かわべり》に沿って歩いたり、走ったり、はしゃいだりしている。蛍のように黄昏《たそがれ》の中で浮く明かりを見て、きみははっと息を呑む。

まるで御伽噺《おとぎばなし》の光景だ、ときみは思う。

そろそろ旅館に戻らなければならない。この後、マキノ先生が予約したレストランで和食を食べてからクラスでフェスティバルの観光をするという予定になっている。先生はきっと、きみが今見てきたものを分かりやすく、丁寧に解説してくれるだろう。きみの頭を混乱させたあの光景を明確な言葉とまっすぐな直線で収め、不明な要素を取り除いてくれるだろう。

あと五分で帰る、ときみは自分に言い聞かせる。しかし五分が経っても、きみは動こうとしない。

いつまでもじっとし続ける。すっかり日が暮れて、水面に映る夕焼けがビルの電灯とランタンの明かりにすっかり譲った頃も、きみはまだ橋の真ん中辺りで、両岸の間で浮きながら川を眺めている。

たった二週間の旅行だったけれど、再び飛行機に乗り込んで小さな故郷に帰ってくる頃にきみの中で確実に変化が起こっている。

以前は世界そのものと同一視していた、生まれ育ちの故郷がどこかみすぼらしく見えてくる。低くて古い家屋、連なる荒れ地、唯一の生命線である国道を走る錆《さ》びついた車、このすべてはこの世界のごく一部に過ぎないかもしれない。ひょっとしてそれは辺鄙《へんぴ》な、周辺的な一部なのかもしれない。この世の中にきみの知らない言語の中で毎日を送っている人々が、きみの知らない映画を観て、きみの知らない音楽を聴き、きみの知らない本を読んでいる。旅の最大の獲得は、自分の知識がどれだけ乏しいか、自分の世界観がどれだけ狭いかという認識だった。

きみがあそこに渡るよりも早く、あそこの言葉に出会うより遥《はる》か以前に、あの街はきみと無関係に動いていた。帰ってきた今も、向こうは変わりなく動いている。当たり前のはずなのに、その事実を考えるときみの中の何かがずれるのを感じる。今まで円滑に回っていた何かが中心軸から外れてしまい、不穏な音を立てながら空走している。

あの橋の上で見た景色がふと思い浮かぶことがある。あの眺めに対比できるものは地元にはない。正しく形容する言葉すらない。きみはもう一度あの場所を訪れたくなる。そこへ行って何がしたいかよく分からないが、とにかくもう一度行くしかないような気がする。

きみは日本語の学習に一層貪欲に励む。教科書の問題を隅から隅まで解くようになる。日本のことが好きになったというわけではない。ページの上の言葉はきみの地元からより大きな世界への通路になったのだ。

上級の授業で牧野《まきの》先生は厳しくなる。同じ挨拶、同じ慣用句、同じ例文を何度もドリルさせられる。きみは言われた通りに言葉を繰り返す。空欄を適切な語彙で埋める。口語と文語。尊敬語と謙譲語。日本語はあらゆる場面に定型があるようだ。迷うこともなく、思考することもない、ただ指示された通りに行動して、教科書に判断を委ねるだけでいい。

きみの表現力は徐々に高まる。教科書に載っている会話例、すべて滞りなく言えるようになる。挨拶、自己紹介、道案内。それらの言葉はきみのものではない。ただ本の中に書かれた文字と、テープから流れてきた音声を、そのまま暗記し、再現しているだけだ。別の人になって、別の言葉で喋って、ただ作られた人格に流されたまま言葉を発する。きみは何となく母語で喋るときよりも、一層強くなったように感じる。まるでこの言語が鎧《よろい》になってくれるようだ。

今でもカタカナで書かれたきみの名前を見ると、そこに自分のことを見出せない。そもそも最初からそこになかったのではないかという気がしてくる。そこにあったのは、もう一人の新たな自分だ。そして日に日に身につけている音と文字と会話例で、そのもう一人は着実に養われている。

高校を卒業する直前に先生がきみを教室に呼ぶ。四年間、ご苦労さん、とドライな言葉でラッピングペーパーに包まれたものを渡してくる。開けてみると、その中に本が二冊入っている。文法辞典と漢字辞書だ。どちらも授業で使った教材ではなく、おそらくこの言語の中で生きている人が、同じような人のために作製した、高級感を放つ分厚い書物だ。

——大学でもしっかり勉強してください。と先生は言う。

きみは教わった通り頭を下げて、ありがとうございます、と礼を言う。今回の言葉はただの鸚鵡返しではない。

きみは大学の学費を払うことはできないが、近くの州立大学なら地元民は免除される。日本語学科があるほど大規模ではなく、きみは強い期待もなく文学を専攻するが、いったん入学するとその学科の雰囲気にすんなりと馴染む。朝の講義が終わったら図書館へ行き、紙と埃《ほこり》の匂いが交わる書庫に籠もって読書に没頭する。夕方になると文学科生が集まるカフェへ向かい、最近癖になりつつあるブラックコーヒーとタバコを手に深夜まで新入生特有の飛躍的な議論を交わす。

文学を勉強していても、あの旅の思い出を忘れることはない。書庫の書架で本を探しているとき、主人公が海を渡って不思議な異国の文化に魅了されるような物語に自然に惹きつけられる。きみはスウィフトを読む。バートンを読む。ヨーロッパの文学史に同じような気持ちを抱いた者が後を絶たないことを発見する。

アリシアに出会うのも書庫の中だ。毎日、紀行文の書架の近くに陣取って修士論文を書いている彼女はまたしてもやってくるきみの姿を見ると、今日はどちらへお出かけですか、と呼びかける。きみたちが付き合い出すと、彼女は冗談めかして「マイ・リトル・オリエンタリスト」ときみに愛称をつける。

講義を聴き、レポートを書き、友達と飲み、週末になるとアリシアとデートする。その傍ら大学が提供する数少ない日本語の選択科目を履修《りしゅう》して、暇さえあれば牧野先生からもらった本で独学する。その高級な辞典のページに羅列された文法と漢字はしっかりと固定した印象を与える。この情報を暗記できれば、この言語は自分のものになる。日本語の全体像が見えてくる。きみはカタカナの名前に表された人物にようやくなり切れる。辞典を開くたびにそのような約束が聞こえそうな気がする。きみは飽きずに、手に届くあらゆる教科書をむさぼり読み、日本語の破片を必死に掻き集める。まるで巨大なジグソーパズルを完成させるように、それぞれの破片を点綴《てんてい》する。

ときには京都でクラスから離れて祭りのどさくさの中、川まで歩いていった不思議な夜の思い出が浮かんでくる。時間が経つにつれてその記憶が精密さを失ってしまい、まるでピントが合わない写真のようにぼやけてくるが、それでむしろさらに幻想的になって、さらに魅力的になる。ここはすべてではない、今日もここことは無関係にあの世界が動いている。この簡単そうな思いはなぜかきみに不思議な安堵感を与える。

卒業が近づくにつれて、きみは再び日本へ戻る方法を探し出す。向こうの学校は常に英語の教員を募集しているらしい。きみは英語教育について何も分からないが、ネイティブでさえあれば資格も経験も特に問わないようだ。きみは卒業後に一年間、日本で英語を教えることにする。

この計画をアリシアに告げると、彼女はすぐには反応しない。

――本当は英語を教えたいと言うより、もっと日本語を勉強したいと思ってて。純粋な知識探求だ。

きみたちが半同棲《どうせい》している部屋に、彼女が博士論文に利用しているギリシア神話の関連資料が所狭しと置かれている。中古の本棚にも、テーブルの上にも、直《じか》に床にも。その真ん中に座り込んで古本を読んでいる彼女さえまるでエルギン・マーブルのような様子を呈している。彼女はそっと本を置き、床の一点を静かに眺める。

――そうかな。

そこに非難の色はない。研究課題を語るときと同じような淡い口調で、彼女はただきみの言葉を慎重に打診している。

――本当に純粋なのかな。

――前にも言ってたでしょ。高校のときから日本語に興味があった。

――でもそもそも興味を感じるのには、それなりの理由があるはずでしょ?

二人が共有する分野のためなのか、アリシアが毎日どっぷりと研究に浸《つ》かっているからなのか、それとも二人の性格の特徴なのか、きみたちの間にはいつも他愛ない会話と抽象的な議論との区別が機能しない。

――誰しも特定の文脈、特定の言説の中で生きている。英語圏に生まれた以上、わたしたちは否が応でも西洋の歴史に基づいた認識論を内在化している。アジアに対する眼差《まなざ》しを含めてね。

きみはいつも彼女の鋭い思考力を尊敬する。だがその矛先が自分に向けられるときみは鼻白み、無意識にも自分を弁護し出す。

——ただ現地で勉強してみたいと思う。それだけ。できれば日本語をマスターしてみたい。

——そこだね。支配《マスター》したいって。

——じゃ、アジアの言語に興味を持ってはいけないってこと?

彼女は深呼吸をする。

——そうでもないけど……でもなんだか、まるでロティみたいじゃない?

——誰?

——ピエール・ロティ。『お菊《きく》さん』。日本へ行くのにロティのことを知らないの?

アリシアがバイトに出かけてから、きみは本棚を探り、彼女が話していたロティの紀行文の英訳を取り出す。

薄い本で、遅読のきみでもすぐに完読できる。十九世紀に、日本から輸入された屛風や浮世絵に描かれた幻想的な理想郷を追い求め、一人のフランス人が長崎へ行く。そこで

「人形のような」現地妻を雇って数ヵ月その「お菊さん」なる女性と生活し、結局彼女を残して再び旅へ出る。ストーリーは特になく、これという展開もない。伏線と思ったところは次のページで忘れられている。ただ継《つ》ぎ接《は》ぎの日常のエピソードと、ロティのやや自《うぬ》惚《ぼ》れた文化論が緩く続き、そして物語があっけなく終わる。

きみはアリシアが言っていたことをどうも理解できない。自分がこの人とどこが似ているというのか。ロティは典型的な愚か者だ。言葉も分からないし、理想ばかりを見て目の前にあるものを見ようとしない。

どこも似ていないじゃないか。

きみは自分が本当に行きたい理由が分かる。高校の教室で形成された、カタカナ名前の自分は今も生きていて、この四年間の授業と独学でさらに成長した。今度こそ、きみは何も知らない部外者ではなく、ちゃんと中へ入る資格をもつ者として、あの世界を訪れたい。しかしそれはきみだけの世界だ。大学のことと、文学のことと、アリシアのことも分けて、一人で楽しみたい。

アリシアがバイトから帰ってきたら、きみはすでにベッドで横になっている。彼女は静かに寝支度を済ませ、隣に潜り込んでくると、きみは片腕を伸ばして、彼女の身体を自分に引き寄せる。

――夕方、きみが言ってた本を読んだよ。『お菊さん』ってやつ。

――どうだった？

――本当におれがあの人と似てると思う？

彼女はきみの肩に頭をそっと載せる。

――さあ、マイ・リトル・オリエンタリスト。

――別にオリエンタリストじゃないから。

その言葉はきみが意図したより強い口調で出てくる。

――そうね。オリエンタリストじゃないね。でも理想主義者かも。

彼女が何を言おうとしているのか、きみにはよく分からない。

――向こうで現地妻でも作るのが心配なだけじゃない？

冗談のつもりで言ったが、アリシアは急にきみから自分の身体を引き離して、天井を眺める。しばらくしてから彼女はきみを見ずに、冷ややかな声で話し続ける。

――ロティの問題は、オリエンタリズムだけじゃなかったよね。彼はどこへ行っても、また別のエキゾチックな理想郷をずっと追い求めていた。人間ってそんなもんかも。でもいつまでも新しいものを追っかけたら、目の前のものをちゃんと見てなかったことをいつか必ず、後悔する。

そう言い残して彼女は立ち上がって、毛布を後に引きずりながら寝室から去っていく。リビングでソファに倒れ込むのが聞こえてくる。

暗闇の中でベッドを囲む本棚がうっすらときみに見える。きみたちがともに集めた書物が天井まで伸びる。いつか地震が起きたら二人ともここで埋もれてしまうよな、ときみたちはよくふざけて言い合っていたけれど、今夜はなぜかそれを冗談ではなく、現実的な可能性として感じる。耐えきれない本の重みがかかってきて、身体を壊すことをきみは想像する。そんな不安を抱きながら、ようやく眠りにつく。

きみはツイている。

文部科学省の英語指導助手プログラムの申請書に派遣先の希望を記入する欄はあるものの、東京や京都などの、海外でも知名度の高い街はすぐに埋まってしまうらしい。きみはだめもとで京都と記入したが、実際にそこで働く可能性の低さを重々承知していた。採用通知に「YAGI-CHO, NANTAN CITY」という見知らぬ地名を見たとき、きみはいささか落胆、しかし覚悟していた落胆を感じる。

これから少なくとも一年間住むところの情報をインターネットで検索してみる。その南《なん》丹市八木町《たんしやぎちょう》という町が京都市に隣接していることを発見すると、しばらくはうまく呑み込めない。もう一度検索する。綴《つづ》りを再確認する。だが間違いはない。きみは再び京都の地を訪れることになる。

出発が近づくにつれきみは京都で過ごす日々を想像せずにいられない。今のきみはもはや、何も知らない部外者ではない。高校と大学で誠実に努力を重ねてきた。向こうの言葉をしっかりと勉強してきた。今度こそ、意思疎通ができるはずだ。今度こそ、本当にその街を奥まで、その街に住む人々を奥まで知ることができる。

いつか、あの街に必ず戻るだろう。そのとき、若い自分に解けなかった、名指すことすらできなかったパズルを必ず解くだろう。その思いは常にきみの脳裏にあった。

もう一度大陸と海を渡っていく。飛行機に乗ってすかさず、六年間きみの頭の中で木霊《こだま》していた世界が再び現実に滲《し》み込んでくる。機内のアナウンスといい、客室乗務員が配る新聞に印刷された活字といい、教科書に載っていなかった、あの生きた言語が機内を充していく。照明が消えてもきみは一睡《いっすい》もせず、画面に映る世界地図をゆっくりと横断していく飛行機のアイコンをいつまでも目で追う。

新任教員の団体が成田《なりた》空港に到着し、手短なオリエンテーションを受けてからそれぞれの派遣先へ赴く。配ってもらった乗車券を利用してきみは東海道新幹線に乗り込む。本当の旅はここから始まる。ようやく一人で行動し出すと、高揚感が胸に広がる。

まもなく京都です、というアナウンスを耳にするときみは車窓の外を貪欲に眺め、六年前の光景の破片を探す。しばらくは馴染みのない郊外の街並みが続くが、電車がようやく速度を落とし、京都駅に辿《たど》り着くと、きみの思い出を引き起こすものが見えてくる。鉄筋とガラスでできた巨大な駅ビル。奇妙な蠟燭《ろうそく》のようなタワー。確かに、高校生のときもここに来ていた。

スーツケースを引きずりながら電車を降りる。エスカレーターに乗ったり、廊下を進んだり、三次元で複雑に交差している人の流れを見て、そこから何らかの秩序を見て取ろうとするがそれぞれの部分はぴったりと合わさらない。人にぶつからないように注意しながら不確かな足取りで次のホームへ向かっていく。

年季の入った各駅停車に乗り換え、窓から通り過ぎる建物が少なくなって、低くなって、古くなっていくのを見守り、ようやく長いトンネルの連鎖に入る。一本から出てくると数秒ばかり渓谷の景色が見えて、そして再び暗闇に入り込む。今まで知っていた世界が後ろに過ぎ去っていくのを感じる。先に待っている未知の世界を、興味津々で期待している。

トンネルの中で、きみは自分の決断の重みを実感し始める。これから家族からも友人からも、故郷からも遠く離れた何の繋がりもない土地で生活する。誰かに強いられたわけではなく、他の選択肢もあった。だがある晩にここで感じたよく分からない何かに絶えず執着して、ついにこの瞬間にいたった。

そのとき、列車がトンネルを通り抜けて再び日差しの下に出てくる。晩夏の美しく晴れた青空の下で、巨大な谷が茫漠《ぼうばく》と広がっていく。幾何学的に仕切られた田んぼと畑。ところどころ姿を現す瓦屋根。その中でくねっていく川と、谷全体を縁取る緩やかな丘陵。初めて見たその景色にきみの脳は様々なイメージを当てようとする。どこかで見た山水画。ロティの描写。十六歳のときに見た京都市内の夜景。どれも似ていて、しかしどれもまた違う。

前に見たもの、前に読んだものと比較する必要はない、ときみは自分を戒める。ここをありのままで受け入れよう。今までの準備はすべて、この小さな世界に入り込むためだったかもしれないと、きみはふと思う。

きみは教育委員会に提供された部屋に住むことになっている。この町に派遣された英語指導助手は代々同じ部屋に暮らしてきたようで、同僚に住所を教える必要はない。この部屋は町民の誰しもに「ネイティブの先生」の部屋として知られているらしい。

以前の入居者がそれぞれ帰国して残したものは部屋中に置かれている。流し台の隣の食器棚に大きさと模様がばらばらなコップや皿や茶碗《ちゃわん》が並んでいる。引き出しの中に古そうな携帯電話と、十数本の切れた乾電池がしまわれている。キッチンの隅に巨大なハーフラックが物々しく立っているが、バーベルもプレートもどこにも見当たらない。

居間の中に敷かれた畳だけが新しくて、夏の暑い空気に放つ草のような匂いが気に入る。故郷からかけ離れたところにやってきたということをその匂いが伝えてくれる。

この町の人ならこの匂いをどのように感じるだろうか。別に特別な匂いではないのか。祖父母の家を彷彿《ほうふつ》とさせる匂いなのか。ただ古臭いものなのか。きみはふと故郷のことを思い出す。ここも同じく世界の辺鄙な一隅かもしれない。しかしここに着いたばかりのきみにとってはすべてが目新しくて興味深い。

引っ越してきて最初の頃、テレビもインターネットも携帯電話もなく、まるで隔離されたような気がするが、不快ではない。夕方になるとベランダに続く障子を開けて、近所の小さなスーパーで買ってきた麦茶とタバコを手に夕暮れに染まる空を眺める。星が見えてきて部屋の中が暗闇に包まれると天井からぶら下がる裸の電球をつけ、畳の上の卓袱台《ちゃぶだい》に座って相変わらず語学に没頭する。晩夏の夜は暑い。中古の扇風機を真正面にかけても汗が絶えず顔から教科書のページにぽつぽつと落ちて、シミを作るが、きみは額を拭いて問題を解き続ける。

勤め先の公立中学校は部屋から徒歩五分の距離だ。

コンクリート造りの箱のような三階建ての校舎には、これという特徴はない。その隣に銀杏《いちょう》の並木を隔てて体育館があって、その後ろのグラウンドから朝の練習をしている生徒たちの掛け声が時折聞こえてくる。機能的で、効率的だ。他の町にも同じ設計の建物が同じ配置で建てられているのだろう。

学校では毎朝、まず玄関に回ってスニーカーを脱ぎ、スリッパに履き替える。きみの足に合うスリッパーがなく、踵《かかと》が常に少しはみ出て、一歩踏み出すたびに床に擦《こす》れる。インドアシューズを買いたいと思うが、どうやらこの町にきみのサイズの靴を販売している店はないようだ。

広い職員室に着くと数人の教員はすでに授業の準備に着手している。きみはドアを開けながら、教え込まれたようになるべく元気よく、おはようございます、と言うが、特に返事はない。声が届かなかったのか、ただそういうものなのか、あれこれ考えを巡らしながら自分の机に向かう。

きみに当てられた机は、住んでいる部屋と同様に、昔から「ネイティブの先生」が使っていたもののようで、引き出しは英語の教材や古本で溢《あふ》れそうになっている。整理したいときみは思うものの、今まで蓄積してきたものに勝手に手を出していいのかと躊躇《ちゅうちょ》する。

教頭先生がオフィスから職員室に入ってくると全員が起立する。きみは周りの教員の行動を確かめながら同じように立ち上がり、体の前で手を組む。

毎日がこうやって朝礼から始まる。教頭先生が十分程度、その日の目標や様々な企画の進捗状況を説明する。きみは話を摑もうと必死に努めるが、よく理解できずに終わることが多い。その「理解できない」にはいろんな形がある。教頭先生の話にときどき入ってくる方言が分からないこともある。話の冒頭を問題なく消化できたと思ったら、突然知らない単語が出てきて、あれ、あれはどういう意味だっけ、と考え出すと、まるで全力で走っているマラソンランナーが窪みに躓《つまず》き、派手に転んでいくのと同じように、きみはそのまま話に追いつけなくなってしまうこともある。たまには、話を聴いていて、一つずつの単語を理解できたはずなのに、どこかでその繫がりが分からなくなり、言葉が意味に収斂《しゅうれん》されることなく、ただもやっとした曖昧なものとして終わってしまう。どれにしても、終わった後の苦い無力感は同じだ。朝礼が終わって席に戻ると、知らない単語を辞書で調べてみる。だが数秒が経つと、頭の中で持っていた音の連鎖が虚《むな》しく霞《かすみ》のように消えていく。

――オー、ユー・アー・ベリー・勤勉。勤勉、わかる？

隣の机に座る小谷《こたに》先生が話しかけてくる。日本語と英語交じりのその質問を聞いたきみは、ただ笑いかけて、いえいえ、勤勉なんかじゃないです、と返す。何語でどう答えればいいか、よく分からない。

小谷先生は辞書のページを指差す。

――オー、ジャパニーズ・カンジ。難しい。

――はい、難しいです。

小谷先生は、イェス、イェス、と頷《うなず》き、そして自分の机に向き直る。

初日の挨拶が終わってから、きみに話しかけてくるのは小谷先生だけだ。理科の授業を担当しているらしく、四十代、ひょっとして五十代か。ほぼ毎朝、朝礼が終わると同じような会話が繰り返される。

――オー、ユー・ジャパニーズ、オッケー？

――京都のサマーは暑いやろ、ホット、ホット。

どうやら英語があまり得意でない小谷先生は、僅《わず》かな単語力を振り絞って声をかけてくれる。話してくれただけできみはありがたいが、それでも違和感を禁じ得ない。日本語で話しかけてくれたら、たとえ幾分の意味が伝わらなくても、きみはなんとか対応できるはずだ。しかし今まで読んできた教科書の中に、この英語交じりの日本語への対策はどこにも載っていなかった。

これはきみが予想していた会話とは全然違うものだ。

一時間目の教室に入るとすでに暑くなっている。壁一面を占める窓から朝日が射《さ》し込み、いきいきとした若者が放つ熱気を蒸発させたかのように、空気がこもっていてむんむんとしている。

きみは黒板の前に置かれた長いテーブルに立ち、職員室から持ってきた資料を再確認する。チャイムが鳴るとともに英語担当の坂口《さかぐち》先生が慌てた足取りで教室に入り込んでくる。

——はーい、皆さん、レッツ・スタート！

先生がそういうと生徒たちのざわめきが静まる。先生はその日の課題を勢いよく板書する。きみが追いつけない早口の日本語で、きみにはよく知らない文法を説明し始める。

坂口先生に指示されるまでは特にやることがなく、黒板の横にぼんやりと立ち竦《すく》んでいるきみは生徒たちを観察する。三十人ほどのクラスで、みんな同じく中学校の公認の制服を着ているが、それでも見事にそれぞれの個性を制限内で表現している。きちんと着こなしている生徒たちは、なんだか目もぱっちりとしていて、大事に育てられた優等生という雰囲気を放っている。体育系の男子たちは、よりラフな着方をしている。またぼろい制服を着ていて、私生活でなんだか悩みを抱えていそうな生徒も数人いる。きみの中学校は私服だった。みんなと同じ服を着て、クラスの一員になり切るのは、どんな気持ちだろう。

――キャン・ユー・プリーズ?

気がついたら坂口先生はきみにプリントの束を突き出している。それを受け取り、生徒たちに配り始める。

――オッケー・エブリーワン。プリーズ・リセン・トゥ・ミー。

いつものように、会話の見本が始まる。坂口先生は陽気に手を振る。

――ハロー!

何人かの生徒たちは失笑する。

――Hello, Miss Sakaguchi.

きみはなるべく丁寧にゆっくりと会話の例文を読み上げる。

生徒はまた笑う。

――上手いやん。

――先生と全然ちゃう。

あちこちで小声が聞こえてくるが、その声を無視する。きみもときには坂口先生の発言を頭の中で言葉に切り替えるのに時間がかかることがあるから、おそらく生徒にとってはなおさら分かりにくいだろう。しかし自分はあくまで助手だ。先生の指示に従う。

――ハウ・アー・ユー・トゥデイ?

きみはプリントを見返す。自分が使ったことも聞いたこともない表現が書いてある。仕方なく読み上げる。

――Oh, I am very great, thank you.

見本が終わると、生徒たちはペアを組み、坂口先生が作成したプリントを繰り返し読み上げる。英単語の上に、カタカナを書いている生徒もいる。きみは教室を巡回して、困っていそうな生徒に助け舟を出そうとする。明らかに苦労している生徒は少なくない。

きみは日本語の学習を始めた頃を思い出す。確か、年齢はこの生徒たちとそれほど変わらなかった。あのときは日本語はただページの上に印刷されたものに過ぎなくて、文字と音をくっつけるだけで精一杯だった。だがそれはきみが選んだ授業だった。こっちに来て英語の勉強を強いられた生徒を見て、自分が日本語の授業で経験したことは、英語母語話者のある種の特権によるものだということに初めて気づく。きみは誰にも強制されることなく、自由に日本語を探求できた。そんな機会は与えられず、ただ受験のために勉強する生徒には好奇心が芽生えるわけがない。

授業が終わるときみと坂口は廊下へ出る。日本語で話しかければいいのか、英語で話しかければいいのか、いつも迷うが、きみは後者を選ぶ。

——I think class went well today.

坂口先生は困惑したような表情で笑い、イェスイェス、グッバイ、と言いながら、次の授業へ急いでいく。

きみは床に踵を引きずりながら一人で職員室へ戻っていく。

朝に町中を走るのがきみの日課になる。

五時のアラームで目を覚まし、故郷から持ってきたランニングウェアに着替え、外へ出かける。十月になっても夏の熱《ほとぼ》りはまだ残っているが、最近早朝に秋の到来を告げる肌寒さも感じる。腕に付けたMP3プレイヤーの電源を入れ、小走りでウォームアップしながら東へ向かう。駅前の細い道にまだ人気《ひとけ》がない。そこを通り抜けて、大堰《おおい》川を渡ると、山々まで続く田んぼの景色が見えてくる。きみは息を吸って、ペースを速める。

八木町に着いてからもう三ヵ月が経とうとしているが、この眺めを見ると今でも思わず笑顔になる。前景には工場などの四角いコンクリートの建物はあるものの、視野を上に向けて、遠くの山景色を見たら、まるで山水画のようだ。古そうな家屋だの、馴染みのない木々だの、山の麓にとぎれとぎれに浮いている霧だの、あらゆるものがきみはもう生まれ育った故郷にいないことを語ってくれる。

その景色をまっすぐ貫く道路に沿って、きみは奥へと走っていく。ここからこの町が位置する谷全体を見渡せるのに、自分以外の人間は一人も見当たらない。寂しい思いをするどころか、きみはこの眺めを独り占めする快感に浸る。一日の中で最も楽な時間だ。

ところどころきみが走っている道路に横道や畦道《あぜみち》が交差するが、それらを無視して目の前に聳え立つ山々に向かって走り続ける。今や自分の最高のペースに達している。滲み出る汗が額に伝って眉毛に滴るのを感じる。脚の筋肉に疲労が溜まり始めている。それでも山は少しも大きくなったり近くなったりはしない。

ＭＰ３プレイヤーの曲がフェードアウトするときみは機械的な音を聞き取る。振り返ってみたら、そこに朝の日差しに眩《まぶ》しく光っている白い軽トラックが異常にゆっくりとした速度で道路を走っている。フロントグラス越しに農家と思しき男性がぼんやりときみのことを見つめている。

きみは躓きそうになり、いったん足を止める。坂口先生の教科書に出てくる外国人のように、なるべくフレンドリーな表情を作って短く会釈をする。

すると運転手は正面に向き直り、急にアクセルを踏む。自分に不可能なペースでトラックが谷の奥へと進んでいくのを、きみはしばらく見送る。そしてきみは振り返って帰路を走り始める。

走っている間に八木は動き始めていた。再び橋の辺りに戻ると何人かが見える。河畔を歩く老人、釣具店のシャッターを上げている男性、花屋の店先に鉢植えを並び立てている店員。彼らはそこを走り抜けるきみに不思議そうな視線を一瞬だけ送り、それぞれの行動に戻る。きみは音楽の音量を少しばかり大きくする。

ようやくアパートにたどり着いたら、隣にある小さなタバコ屋は開店している。窓口に座っているおばあさんに視線が合い、思わず笑いかける。

――おはようございます。

ときみは挨拶してみる。

目を大きく開いたおばあさんは、何かを警戒しているかのように、ただじっとこちらを見る。

地元で日本語を勉強していたときに予想できなかったのはこの視線だ。町のどこに行っても、自分を観察する視線を常に浴びる。もし東京や大阪、外国人が大勢いる大都市に派遣されたのなら、ここまで珍しがられることはなかったかもしれない。だが知っている限り、八木に在住する者には、きみのような外見をしている人間は他に一人もいない。じろじろと見られることは無理もないだろう。

別にいじわるな観察ではない。むしろ優しさと好奇心と、いささか同情のようなものに満ちていた。ただ、きみはその視線にどのように反応すればいいか分からず、困ることもある。

きみは地元で日本語を勉強していた頃を思い出す。こちらの言葉についてはある程度の知識を得ている。発音が訛《なま》っていて、流暢とは言えないにしても、意思疎通を阻止するような不自由はないはずだ。高校と大学の教室で、先生や他の学生と会話を練習したとき、自分が挨拶を言うと相手もすかさずその挨拶を返してくれた。挨拶を言ってもただ不思議な表情で呆然とこちらを眺め続ける相手に、どう対応すべきだろうか。

時間が経つにつれてきみは少しずつ活動領域を広げていく。

平日の夕方に、仕事が終わるときみは一時間に二本しか来ない山陰《さんいん》線の電車に乗り、京都市へ出ていくようになる。ただ数キロの距離なのに、通り抜けるトンネルのためだろうか、別世界に渡っているような感覚がある。

市内に進むにつれて街並みが徐々に都会になってくる。嵐山《あらしやま》を通過し、二条《にじょう》駅まで来ると、八木にあるような緑の景色はどこにも見当たらない。そのかわりに夕方の薄暗さの中で光る電灯が多くなる。車内の反射に混ざって夕闇で見え隠れするその非現実的な光景は幻想的で、美しい。きみの御伽噺の世界は相変わらずここにある。

ところがきみが高校生のときに脳に刻み込んだイメージと目前の現実との間にはいささかのズレがあるのを感じ始める。あのとき、きみは数日しかこの街にいなかった。それに祭りの最中で、独特な雰囲気が街中で漂っていた。今回きみの目に浮かぶのはむしろ前回、まったく視野に入らなかったところだ。寺院や神社ではなく、大学のキャンパス、若者でいっぱいのカフェ、道端の目立たない食事処《どころ》、名所から離れた住宅地の閑静な道。懐かしい写真の原板を見るように、以前はただ取るに足りないネガティブスペースとして認識していたものが物質性をもって表れる。

きみは夕方の街を何時間も当てもなく歩き回るようになる。レコードストアに入って、聴いたこともないアーティストのアルバムカバーを眺める。書店できみに読めない文字だらけの本のページをめくる。洒落たカフェに入り、コーヒーをゆっくり啜《すす》りながらあちこちのソファやテーブルに座っている若者の会話に聞き耳を立てる。

学校と同じように、こういう空間にいるときときみの不完全な言葉と、あまりにも周りの人から掛け離れた外見は目に見えない壁になっているような気がする。

隣のテーブルに座っている三人の学生らしき男性が会話に耽《ふけ》っている。教科書に書かれた会話にも、職場で聞かされる英語交じりの会話にも出てこないような言葉が彼らの間に飛び交う。きみはその筋を理解できないが、小説のこと、おそらく歴史のことを話しているようだ。彼らの言葉のリズムといい、ファッションといい、コーヒーを消費する速度といい、きみの大学で深夜まで話し合っていたクラスメートのことを連想させるところがある。

こういう会話だった。このような場面だった。たった数十センチ離れたところにきみが求めていた世界が実際にある。彼らに話しかけてみたい。彼らの会話に交わりたい。だが言葉が足りなくて、またいつもの好奇心と同情を含んだ目で見られること、また英語で返されることを想像すると、きみは憂鬱《ゆううつ》な気持ちになりそうだ。

しばらくしたら彼らは勘定を払い、笑い合いながらカフェから出ていく。テーブルを片付けに来る店員は、笑顔で丁寧な英語できみに話しかける。

きみは何度も自分に言い聞かせる。

これが嫌なら、もっと勉強しろ。

もっとここのルールを身につけろ。

すべてが自分次第だ。

だが繰り返すたびその言葉の力が弱まっていくような気がする。

ときには英語を練習したがる人が街頭できみに声をかける。

――どこから来ましたか。

――道案内してあげましょうか。

――いつまで滞在されますか。

この人たちに悪意をまったく感じない。それなのに苛立《いらだ》ちを禁じ得ないきみは自分のことを恥ずかしく思う。彼らの発言を聞くと、認めたくない事実があまりにもはっきりと示される。ここの言葉の勉強に励んでいても、この近くに居を構えても、きみは毎日海外からこの街を訪れてくる大勢の観光客とはまったく同じ目で見られていて、溶け込むことはまだ程遠いということだ。

帰り道に、高校生のときに訪れたあの橋に偶然に戻る。地下鉄から上がって、再びその光景が視野に入ると、あまりにも変わっていないことに驚く。祭りなどのない冬の平日の夕方に、もちろん通る人はあのときに比べて少ないが、肝心の川の眺めは変わっていない。

きみはおそるおそる橋の真ん中辺りまで歩き、北方向を見る。六年間見続けてきた光景だ。ここに戻れたことに何らかの意味があるはずだときみは思う。ようやく出発点に戻り、長い時間と距離をわたった円を完成したこの瞬間に、何か特別な感情が湧き上がるはずだ。

ところがそんな気持ちは今のきみにない。六年前とは違って、今この橋が四条《しじょう》大橋と呼ばれている、この川が鴨川《かもがわ》と呼ばれていることを知っている。しっかりと名称もついていて、実在する場所はきみが長年託していた深遠さを当然、担いきれない。

きみの耳に夕方の交通の雑音が入ってくる。橋を急いで渡るサラリーマンたちの姿に気づく。一人でいるのに突然なんだかばつの悪い思いをする。きみは再び、周りの人の流れに合流して、街の中心へ向かって歩き出す。

すでに五年間京都に滞在している英語指導助手から飲み会の誘いを受ける。きみは三条京阪《さんじょうけいはん》で下車して、携帯の画面に映る道程を確認しながら木屋町《きやまち》に向かっていく。

きみは小川に沿う歩道を歩く。並木からぶら下がる枝がきみの頭をそっと撫《な》でる。両側にぎっしりと並んでいるバーや飲食店を見ると、それぞれの前にぶら下がる提灯《ちょうちん》や看板に、きみに読めない文字がずらりと記されている。

教室で感じた、馴染みのある好奇心が湧いてくる。どれくらい勉強すればこんな複雑な字も読めるようになるのだろうか。もし読めたとしたら、どんな気分なのだろうか。ドアが開かれた店舗を何気なく覗《のぞ》き込むと店内は狭い。カウンター席しかない。そこに並んでいる客に、きみのような外見の人は見当たらない。

ようやくメールに書かれたカフェバーに辿り着く。ドアの前に立つ看板に英文字がずっしりと並んでいて、入ってみると久しぶりに英語で喋る多数の声が聞こえてくる。客の大半は外国人だ。その一人が手を高く挙げ、きみの名前を叫んでくる。

すでにテーブルに座っている三人は以前から京都に住んでいる教員だ。「センパイ」という言葉がきみの頭に浮かぶが、英語圏にはそんな概念はない。

英語を教えに日本に来る人は、性格も動機もそれぞれだ。ただ就職する前に海外で数年を過ごし、人生のバカンスというべき時期を楽しむような人もいれば、昔から日本のどこかが好きで、その趣味を追求するためにやってきた人もいる。

スティーヴという三十代のカナダ人は今年日本に到着したばかりだが、その前に七年間東南アジアを回りながら英会話を教えていたそうだ。滞在した国々の文化や言葉についてはあまり詳しくないようだが、バンコクの一番よく冷えたビールを出しているバーとか、マニラで最も可愛い娘が集まるキャバレーとか、そういった情報なら喜んで提供する。

もう一人はハンナという二年目の英語指導助手だ。ハワイ出身の三世日系人で、日本語は分からないものの日本人としての自己認識は強い。ルーツに触れるためにここに来たと彼女は言う。

そしてこの会を開いたポールもいる。彼はもう五年目になっていて、どうやらここの生活にすっかり馴染んだように見える。彼はあまり会話に参加せず、口を利いてもそれはいつも曖昧《あいまい》でどっちつかずの発言だ。ただみんなの話を興味深そうに聴きながら、穏やかな微笑《ほほえ》みを浮かべている。

きみたちは飲みながら雑談する。それぞれの学校や町の話。日本の文化の不思議なところの話。偏屈な同僚、面白い生徒。スティーヴとハンナは慣れた口調でこの国のことを解説する。気がついたらきみは二人に合わせて、同じような口ぶりになっている。

きみはこの数ヵ月で驚いたことがある。ショックを受けたこともある。自分で理解できなくて、誰かに確認してみたいこともある。しかしここはそういう話をする場ではないことを感じる。

スティーヴとハンナは亀岡《かめおか》に住んでいて、きみが住んでいる八木町に近い。三人で飲むことが増える。ときには市内に暮らしているポールもついてくる。

四人でいろいろな飲み屋を開拓していく。居酒屋、バー、クラブ。木屋町と交差する無数の横道にまた無数の店が点在する。それぞれの小さな空間に存在する世界をきみが想像すると、一つ一つに入り込んで、確かめたいような衝動に駆られる。

ところがなぜか、英語のメニューを出しているバーや、英語の看板を店先に置いているところなど、たいていはどこかできみたちと見た目も言葉も似た人間が歓迎されそうな店ばかりに行く。実際にそうでない店に断られたことがあるわけでもないし、誰かが明言した好みでもないけれど、出かけると結局輸入ビールとミックスナッツが出てくるようなバーに落ち着くことが多い。

四人の会話は常に英語で行われるが、店員や他の客に日本語で話しかけられたら対応するのはいつもポールだ。彼が喋り出すときみはいつも注意深く聴く。彼の言葉は滑らかだ。発音だけでなく、会話の流れにきみがまだ摑んでいないものがある。ある晩の飲み会が終わった後、ほろ酔いで三条駅に向かって木屋町を歩いているとき、きみはポールにその能力の秘訣《ひけつ》について訊いてみる。

——おれは別にうまくないよ。

その卑下した答えが本心なのか、それとも長く日本に住んできたことで身についたセンスがそのまま英語にも出ていたのか、分からない。

――勉強なんかあまり好きじゃない。ただバーに行ったりイベントに行ったり、適当に喋ってるうちになんとなくわかってきたというか。まあ、恋人を作るのが一番手っ取り早いってよく言うけど。

彼は笑う。

なるほど、ときみは思う。ポールは続ける。

――教科書とかレッスンもいいけど、実際に人と話して使ってみないとなかなか上達しないよな。国際交流パーティーにでも行くとかさ。

教科書だけでは限界があるかもしれない。それは以前も何度か、確かに感じた。実際に交流をする必要がある。普段の日常生活の中でそんな機会がなければ、自ら作り上げるしかない。

ポールはあんなに日本語ができるのに、なぜこうやって新参の英語指導助手と一緒に飲むのだろうか。きみは直接訊いてみると、ポールはしばらく黙り込む。

――気分転換かな。たまに母語の話を聴くのも楽しい。それにきみたちの話を聴いてると、いろいろ思い出す。日本がどうこうとか、文化がどうこうとか、あんな話ができるのは今のうちしかない。物事は、本当はそうはっきりとしていないから。きみもじきにわかる。

きみは何と答えればいいかよく分からない。おそらく、その迷いは顔に出ているが、ポールはただ静かに笑って、歩き続ける。

初めて国際交流パーティーという催しの存在を知ったとき、きみは驚いた。

地元にそんなことはあったっけ、ときみは記憶を探った。大学に海外からやってきた交換留学生や研究生は少なくはなかったけれど、もし彼らと触れ合うために特別に開催されたイベントがあったとしても、きみは参加したことはなかった。何せ、彼らはそもそも「普通」の学生と隔たりなく「普通」のコミュニティーに入っていたから、わざわざ交流するためのイベントに出る必要はなかった。

きみは一人で、市内のアイリッシュパブで開かれたインターナショナルパーティーに参加する。カウンターで並んで、アンバーエールを注文して、薄暗い店内を見渡す。カウンターの上のテレビでラグビーの試合が流れていて、後ろの棚に酒瓶とともに海外からの雑貨が置かれている。客の大半は日本人だが、外国人も多数いる。白人男性が圧倒的に多い。まるでバーの装飾の一部かのようにあちこちに立っている。

こうして彼らを見ていると、なんだか滑稽な気持ちになる。その多くは英語の教員だろう。同類のきみには分かる。今しがた海外からの直行便を降りてきたようなコスモポリタンな雰囲気をここで繕《つくろ》おうとしている者の大半は月曜日の朝となるとどこかの田舎の学校の教室で低学年の小学生に向かって天気だの曜日だの、初級の英単語をいやに陽気な声で歌っているだろう。それはきみを含めての話だが。きみたちが抱いている欲望はあまりにも赤裸々だ。全員が少しでも人間との接点を求めていて、その欲望はまた何らかの欠如を示唆している。自分もその一人だと思うときみはなんだか恥ずかしくなる。

ビールが出てくるときみは空きのあるテーブルを探して座る。きみよりちょっと年上のアメリカ人男性が得意げに日本とアメリカの相違について語っている。彼の生齧《なまかじ》りの文化論があまりにも雑で、胡散臭《うさんくさ》く聞こえるが、日本に来たばかりのきみはそれを否定しようがないし、そもそもそういう議論をする場ではない。テーブルに座っている他のメンバーは彼の言葉に頷きながら聴いている。きみは丁寧な笑顔で立ち上がり、別のところを探してみる。

迷子になったように部屋を歩き回っていると、一人の若い女性がきみの視野に入ってきて、挨拶がわりに笑いかけてくれる。実に流暢な英語で話してくる。

――一人ですか？

——ああ、初めてです。

——それは緊張しますよね。わたしはトモミです。

トモミに導かれたまま近くのブースに向かう。そこでは穏やかそうな二十代の四人組が飲みながら話している。一同は英語で自己紹介をする。アヤカ。ケン。サキ。そしてもう一度、トモミ。

なるほど、ときみは思う。このテーブルに外国人がまだ来ていなかったのだ。

続いてきみも名乗ると、すぐに英語で質問を受ける。

——アメリカ人ですか？

——ご家族はもともとどちら出身ですか？

——英語の先生ですか？

——日本の生活はどうですか？

不思議な気持ちだ。こうして四人に注目されるのは満更《まんざら》でもないが、きみに向けられるその視線はまるで科学者が珍しい標本に対するそれと似ている。彼らが見ているのはきみではなく、きみが体現する何かだ。

——和食は食べられますか？

——京都の湿気は大丈夫ですか？

——お寺に行きましたか？

違和感はあるものの不快ではない。むしろ、解放感さえ覚える。きみが言うことは自国の言葉だ。きみの言う文化は自国の文化だ。どこから来たか分からないこの権力を感じ、きみの中でささやかな満足感が静かに広がる。

なるほど、この感覚に酔いしれたらさっきの男のようになるのもあり得るだろう、ときみは自分への注意を兼ねて思う。

それぞれの質問に答えようとしながらトモミの視線を感じる。その目に遠慮も恥じらいもない。ただぼんやりと、画面に映る海外ドラマのワンシーンを眺めているような表情だ。

終電近くに帰ろうとしたらトモミは方向が一緒だと言い、きみたちは二人で駅まで歩きながら静かに喋る。彼女がホームの反対側の電車に乗り込む前に、きみたちは連絡先を交換する。一瞬だけ、彼女はきみをハグしてくる。

その晩、きみが部屋に帰ってくると、携帯の連絡帳に入った彼女の名前を眺める。「朋《とも》美《み》」と表示してある。なぜか、その字面自体がきみの興味を唆《そそ》る。きみは少し小さすぎるユニットバスで顔を洗って、きみの身体には少し足りない布団で寝て、ぼんやりとトモミのことを考える。

この人には漢字表記の名前があるんだ。

生まれてからそんなものを持つのは、どんな感じなんだろう。

美しくてバランスもよく、きみの長いカタカナの名前とは全然違う。その二文字を見て、きみは嫉妬と欲望の混じったものを感じる。彼女とまた会ってみたい。彼女の中にある未知な何かを探ってみたい。それが恋愛的な気持ちかどうかは、きみにはよく分からないけれど、少なくとも恋愛に極めて近いとは言える。

トモミも京都に住んでいると言っていた。彼女の生活を想像してみる。友達と、何か京都らしい遊びをしているのだろうか。御朱印巡りとか、そういうのが似合いそうだ。和服の姿を思い描いてみる。どこかの茶屋で、赤い傘の下でかき氷を食べている光景がふと浮かんでくる。

そのイメージはどこから来たのだろう。こっちのテレビなのか、こっちの本なのか。きみが以前日本語で読んでいた小説の中で、そんなイメージは確かにあった。京大生《きょうだいせい》の主人公が意中の女子を追いかけて街中を徘徊《はいかい》するような物語で、彼もこんな風に妄想していた。きみもそういう思いをするというのはひょっとして、ここの言葉と文化との同化が進んだ証《あかし》なのだろうか。

それともアリシアが言っていた通り、もっと暗いものが混じっているのだろうか。

あのとき言われたことにきみは納得できなかった。しかしトモミに対して抱いている好奇心を正直に考えると、アリシアの苦笑が聞こえてきそうになる。トモミのことを一人の人間としてはまだ何も知らない。だが彼女が代表する言語と文化には、確かに興味はある。東洋の神秘だの、人形のような女子だの、そんな無意識な欲望が働いていないと、本当に言い切れるのだろうか。


約束した通り、心斎橋《しんさいばし》でトモミと待ち合わせる。

きみは改札の辺りで待っている彼女の姿を遠くから見かけたら彼女は大人しい格好をしている。艶《つや》やかな髪は簡単にまとめられ、全身は真っ白なピーコートをまとっている。彼女の丸い顔はあどけない印象を与える。

確かめるように、彼女の名前を呼んでみる。トモミは顔を上げて、笑いかけてくれる。

――Hi!

彼女は相変わらず、流暢な英語で話している。きみは日本語で話してみたいが、その流暢さに圧倒されてすっかり諦める。

きみたちは地上に上がり、街を歩いていく。金曜の夕方だけに人は多い。集団で移動する学生も、カップルも、観光客らしき人物もいる。大阪で外国人と日本人とのカップルは格別珍しいわけではないし、その中できみたちは特に目立たない。肩を並べて、彼女が目指すバーに入っていく。

きみはビールを頼んで、彼女は梅酒にする。空いているテーブルで向かい合わせに座り、注文が運ばれてくるのを待ちながら他愛ない話を交わす。

彼女は高槻《たかつき》にある大手会社で事務の仕事をしているそうだ。好きではないけれど嫌いでもない。大学の三年目が終わったとき、彼女は休学したという。就職活動はうまくいかず、そもそも何のためにこんなに必死に努力してきたかが見えなくなった。本当にこのまま就職したいのか。このまま会社に入って、しばらく仕事してから結婚して、子供を産んで、意外性もロマンもない、決まりきった一生を送っていいのか。

いったんこんな思いが彼女の頭の中に根づくと離れなかった。親から借りたお金で、一年間ニュージーランドで語学旅行をしてきた。クライストチャーチから少し離れた田舎の町で、ホームステイをさせてもらった。彼女は今でもあの家のことを鮮明に思い出せる。寝室の納屋から聞こえてくる羊の声、ホストマザーが毎朝焼いてくれたトーストの匂い。寝室の窓から緩やかな山を覆う霧が朝日で黄金に光っているのが見えた。

別に海外旅行がそのときだけだったというわけではない。今でも毎年のゴールデンウィークか盆休みか、韓国に行ったり、台湾《たいわん》に行ったり、日数が多ければヨーロッパに行ったりする。しかしなぜかあのときのニュージーランドの景色が、今でも脳内に刻み込まれている。

彼女は懐かしそうに溜息をつく。

まるで御伽噺の世界のようだった、と彼女は言う。

その声は妙なエネルギーを孕《はら》んでいる。綱渡りのように、彼女は自分の言葉の上を走り、地面に目を配ることなくその向こう側に駆けている。褒めたくなるほど努力を感じさせる話しぶりだ。きみは大した返事をしていないのに、彼女が話すにつれて距離が少しずつ縮んでいることが分かる。

気がついたらトモミはきみの手を握っている。日付が変わり、京都への終電の時間が過ぎても、きみたちは二人ともそこに触れない。

眠りにつけない。換気扇が絶えず回っていて、数分ごとにウォーターサーバーが音を鳴らす。隣で寝ているトモミの寝息が一定の間隔で静かに聞こえてくる。こんな雑音の中でどうやってあんなに心地よさそうに眠ることができるだろう。

そして暑い。こもった空気はまるで物体となって降りかかるかのようにきみの胸を圧迫する。我慢しきれず、冷房のリモコンを探しにベッドから起き上がる。暗闇の中を慎重に部屋を通る。家具にぶつかったり、ものを落としたりしてトモミを起こすのを避けたい。テーブルを避けて、無造作に床に落とされた洋服にもつれないよう、ドアへ向かう。入口の壁にエアコンのコントロールがあった気がする。手のひらで冷たい壁をなでまわす。しかし電気のスイッチしか見つからない。

入口のドアはしっかりと施錠されている。出る際にフロントまでお電話を、と入ったときに顔の見えない受付の係に言われた。一瞬、恐怖のようなものがきみの頭をよぎる。

もし電話が壊れていたら？

もし、受付の人が何らかの発作を起こして失神でもしたら？

隣の部屋にいる人がタバコをもみ消しそこね、一個の火種が灰皿から絨毯《じゅうたん》へ、絨毯からカーテンへ、そしてカーテンから天井へ伝って、安そうなクリーム色の塗装を燃やして建物全体に広がっていき、きみたちがネズミのように閉じ込められたまま死んだら？

いや、そんなことが起こるわけはないだろう。

きみは静かにソファに座りこむ。床に丸まったジーンズからタバコを取り出し、なるべく静かに一本に火をつける。薄暗い中、ゆっくり上下に動くトモミの胴体が見える。テーブルにおいてあった腕時計を手に取って見ると、もう四時半だ。

その夜の行為自体に関しては、すでにすっかり記憶から消えている。漠然とした肉体的な快楽があったのは確かだが、詳細は思い出せない。終わった後で二人がウトウトしていたら、彼女はきみの胸毛に顔を埋め、満足げに深く息を吸いながら言った。

——海外の匂いがする。

トモミにそんなことを言われた。その言葉だけがきみの記憶に残っていた。

彼女が嗅ぎ取ったのは何なのか。体臭なのか、柔軟剤なのか。きみがこの国に来てから半年以上が経った。こっちの食べ物を食べた。こっちのタバコを吸った。こっちの石鹸《せっけん》で身体を洗った。にもかかわらずきみの身体は何か海外的なものを発信しているようだ。その何かが、彼女には分かっていた。

ベッドの側まで歩く。彼女は相変わらず寝ている。実に美しい寝顔だ。

まるで人形みたいだ。

どこからとなくその思いがきみの頭をよぎる。そう見ている自分もいることを認めざるを得ない。

危うくアリシアの言葉が聞こえてきそうだ。

部屋の中は狭すぎる。まるで檻《おり》にいるように、窮屈な感じがする。きみの身長の高さもあり、少し伸びたら頭のてっぺんは天井につきそうだ。部屋の高さと言い、ドアの幅広さと言い、すべてはきみの身体と微妙に合わない。洋服の丈も、椅子の作りも、すべてが少しだけ違う。なぜこんなに合わないのか。

夏が再び到来して、街中に活気が戻る。

土曜日の明け方だ。きみはまた朝まで木屋町で英語指導助手たちと飲んでいた。居酒屋で夕食をとった後、誰かが知っていたロックバーへ向かって、それからカラオケに移動した。三時頃にコンビニで缶ビールを買って、三条大橋の近くに座り込んで飲むことにした。移動するたびに団体がまた小さくなる。終電で帰った人、タクシーなり徒歩なりで市内の部屋に帰った人。朝方にはきみを含めていつもの四人しかいない。

みんなで始発電車を待つことにする。きみたちの会話はいつもと同じく、学校の愚痴とか帰国後の予定とかだ。ポールだけはいつものように、あまり参加せずにただ聴いている。あの常に冷静な態度がきみの癪《しゃく》に障《さわ》る。

きみは周りを見る。夏だけに日の出が早く、夜空はすでに夜明け前の白みを呈している。この時間帯でも、川沿いの芝生に若者があちこちにいる。クラブやバーやライブハウスから流れてきた者。三次会、四次会の延長で飲んでいる者。きみは最近気がついた。ここではみんな、何でも必ず集団でやる。学校の部活といい大学のサークルといい職場の部署といい、こうしたカジュアルな集まりだって、結局同じような人とくっついて同じクゥキを吸って、仲間仲間、一緒一緒と、いつまでも確かめ合うのがこの社会の唯一の目的だ。なんて幼稚だ。なんでも同じがいい、なんでも違うのはいや。なんだか滑稽に思える。

ここ最近、きみはこの街に飽きた。もう一年以上、この社会に順応するように努力を重ねたが、あらゆる手が徒労に終わる。いくら言葉を勉強しても、言葉が掌《てのひら》から逃れていくばかりだし、言葉が身についたところで特に何も変わらないだろう。木屋町のバーで知らない人と会話をしても、その会話はいつまでも当たり障りのない表面レベルに留《とど》まり、決して本当の繋がりが実るようなところまで深まらない。インターナショナルパーティーに参加したら話し相手はいくらでもいる。英語を練習したい人、海外の文化に触れたい人、外国人と一夜を過ごしてみたい人。だがきみのような存在を進んで自分の生活に取り入れようとする者はいない。きみは常に一個人ではなく、英語なり海外なり漠然とした概念の代表とされてしまう。

きみは相手がいきなりきみの外見を忘れて、まるできみがここで生まれ育った人間であるかのように振る舞うことなんて期待していたわけではない。だが一年半で少しくらいの進展はあったはずだろう。きみは相変わらず部外者だ。バーでは見せ物。街頭では観光客。職場では坂口先生は未だにきみの名前を利用しない。きみはいつまでも「ネイティブの先生」という、いつでも取り替え可能な教材に過ぎない。なぜこんな社会、なぜこんな言語に興味をもつようになってしまったのか。この愚かな追求のためにドブに捨てた時間と労力を考えると、後悔と羞恥の念に耐えきれない。

きみは次の契約を更新しないことにした。あと数ヵ月で、この街を後にしているはずだ。それまでの時間を、こうして英語指導助手たちと一緒に酒浸りで潰す。

健全な人は帰る。

帰国とか、故郷に戻るとか、そんなあやふやな意味ではなくて、自分の居場所へ帰るということだ。家族なりコミュニティーなり、自分を象徴でもなく、不思議なガイジンでもない、一人の人間として受け入れてくれるところへ帰る。ここにいる限り、そんなことは到底ない。いつまでも一種の不思議な見せ物として扱われるのが落ちだ。

いずれは、健全な人は帰る。

ハンナも最近、今年帰国すると仄《ほの》めかしている。

彼女はきみより遥かに苦労した。顔はこちらの人と見分けがつかないから、常に目立つきみのようにじろじろと見られ、見た目から変な扱いをされることはないが、フッウの顔をしているのに言葉が通じない、ルールを守らない、ジョウシキが分からない、そんなことが周りの人に分かると迷惑がられる。まるでどこかが壊れている部品のように取り除かれる。ハワイでは胸を張って自分のことを日本人と言えたのに、ここではそのアイデンティティは通用しない。二年も自己認識を否定され、略奪されたことを耐えてきた彼女の顔に疲労が明確に現れている。彼女の決断は正解だ。

一方、五年もこの街にいられたポールは、どうかしている。きみから見ればポールはもはや情けないとしか思えない。自分をまったく必要としない社会で、ただのモノとして扱われ、無意味な形式だけの仕事をやり続ける人間は自尊心のかけらもないのか。馬鹿にされているのが分からないのか。それともただのマゾヒストなのか。

きみはあらゆるものに対して苛立つ。この遣《や》る方無い憤懣《ふんまん》が、そろそろ限界に達しそうだ。だがこうしてみんなと飲んで笑ったりしていると、自分が今どこにいるかをしばらく忘れることができる。

若い男性の二人組を見る前に、その声がきみに聞こえてくる。明らかに酔った、下品な大笑い。それを聞いただけで、きみは腹の底から上がってくる苦味に気づく。

二人はよろけながらきみたちに近寄ってくる。

酒の勇気で外国人に英語で話しかけてくる若者はたまにいるし、そういうときの決まったやりとりに備えて全員がなんとなく身を構えているが、どうもこの二人は違うようだ。彼らはハンナを目がけて声を掛ける。

――英語、上手いねえ。ほんまにガイジンみたいやんな。

一人はただくすくすと笑っているが、もう一人は酔っ払い特有のしつこさで、頑固に無視し通しているハンナに懲りずに話しかける。

――上手いな。なあ、日本人なん?

きみは男の顔を見る。黄色に染まった長い髪の毛に黒い地毛が見えていて、なんだか不潔な印象を与える。服装もどことなくラフで、全体的に鈍い印象を与える。どうせ滋賀とか田舎から流れ込んできたのだろう、このクソヤンキー、ときみは頭の中でなぜか受け売りの憎まれ口をたたく。

きみの冷たい目線を感じたのか、男の鈍そうな眼差しはゆっくりとこちらに移る。

――なんか文句あんの?

それを聞いたきみは、脅されたと感じるどころか、知らない人がきみに日本語で相手にしていることに驚く。それも男の卑しさを証明しているように思う。きみは目を逸《そ》らさずに立ち上がる。拍動が高まっている。感じたことのない、激しい嫌悪感がきみの中で迫り上がってくる。男が投げかけてきた挑戦の言葉が以前からきみの中で膨れ上がっていた何かに引火する。

ルールを守らないくせに、何も努力しないくせに、こいつはここの社会に人間として相手にされる。こんなクズの下に置かれてたまるものか。

目の前の人を殴ってやりたい。痛めつけてやりたい。気がついたら固い拳を作っている。

そこでハンナがむっくりと立ち上がり、早口の英語で暴言を浴びせかける。

まるで呪いが解けたかのように、一瞬で雰囲気が変わる。ハンナの言葉の意味は明らかに伝わっていないけれど、男の顔からするとそれでも十分に効果はある。いきなりきれられるのは予想外だったようだ。数秒経つと男は落ち着きを取りもどして、彼女を嘲笑する。だが二人は引き返し、去っていく。

——帰れ、ガイジン。国に帰れ。

歩きながら振り返ってそう吐き捨てる。

きみはハンナを見る。まだ不機嫌な表情を浮かべているが、平気だと言う。知らないうちにポールはきみたちの隣に立っている。

——なあ、おまえら、あんなのと絡むなよ。疲れるだけだ。

きみは自分の手が今でも硬い拳に固まっていることに気づき、意識的に力を抜く。

——あれはただの酔っ払いさ。いちいち気にしてたらきりがないだろ。

きみたちはしばらく二人の男の悪口を言う。だが暗くなるどころか、一層明るい雰囲気になる。いつも頭の中で抱えている不安と怒りの原因がまるで体現されて、それと対峙《たいじ》したかのように、きみはすっきりとしている。ところがきみは拳の感覚が頭から離れない。そんな暴力が自分の中に潜んでいることを今まで知らなかった。とても久しぶりに、きみの世界観が揺らいだ。みんなが解散して、それぞれの帰途に着いても、きみは早朝の気持ちに恐ろしさを感じる。

他者に暴力を振るいたくなったのは初めてだ。もしもの話とか比喩的な話とかではなくて、実際に前に立っていた人を痛めつけ、苦しませたかった。それは動物的な衝動だった。優位に立ちたかった。自分の強さを見せつけたかった。とにかく、相手を黙らせたかった。

あと数秒したら、本当にあの嫌な顔を目がけて飛びかかったのだろうか。一発を喰《く》らわせた瞬間に、ここでの生活は終わったかもしれない。警察沙汰に巻き込まれたら結果は決まっている。強制送還、入国禁止。ガイジン扱いを遥かに超える、顔の見えない権力が否応なしにきみの運命を決める。

あの男の最後の捨て台詞《ぜりふ》を放ったときの歪《ゆが》んだ表情を思い出す。おそらくあの男があんなふうに威張れる相手はきみたちのような者くらいだろう。ポールの言う通りだった。車窓越しに過ぎ去っていく眩しい朝の景色をぼんやりと眺める。二条駅辺りで林立していたコンクリートのビルが少なくなり、徐々に緑が増えてくる。嵐山だ。それから何本かのトンネルを通り、きみの部屋と仕事がある八木に戻っていく。

もう何回この光景を見たか。最初はあんなに美しく思えたのに、何度も通り過ぎるうちに本当に見ることがほとんどなくなった。馴染みの建物、馴染みの山、馴染みのトンネル。それぞれが視野に入る以前にきみはすでにそれを予期して、処理している。

今朝は久しぶりに、きみは意識してその光景を本当に見ようとする。

ここは御伽噺の世界ではないかもしれない。そんなものを追っかけたあまり、きみは何かを見失ったのかもしれない。

理想郷でなくても、こうして朝の日差しを受けて光っている見慣れた景色は鮮やかで、それなりの美しさはある。

結局のところ、きみは帰らない。

契約が切れるときみは八木を引き払い、京都市内へ引っ越すことにする。二年間で蓄積した持ち物から、洋服や何冊かの文庫本、鞄《かばん》とスーツケースに入る物だけを詰め込み、残りは以前の英語指導助手の物とともに置くことにする。

出町柳《でまちやなぎ》辺りに位置する、学生が多く住んでいる安いマンションに入居する。レンガの外壁はこんもりとした蔓《つる》に覆われており、その前にマンションそのものより古そうな地蔵が祀《まつ》られている。部屋は八木の物件より狭くて、家具が一個もなくても窮屈な感じを与えるが、ここは以前の入居者が残した物は一つもなく、隅から隅まできみの空間だ。

きみは高野《たかの》辺りの英会話学校に転職した。相変わらず教育について一抹の疑念を抱いているが、勤務時間の大半はただ子供と遊んでいるだけで、無邪気な四、五歳の小さい子たちに囲まれているとその明るさが自然ときみにも伝達される。仕事が終わるときみは自転車で、秋の日差しを浴びながら川に沿って帰っていく。午後の空気はほんわかと涼しくて気持ちがいい。

転職と転居でそれほどの金銭的な余裕がなく、以前に比べてきみは出かけることが少ない。ハンナはハワイに帰ってしまったし、スティーヴは最近東京に引っ越していったそうだ。今年新しく入ってきた英語指導助手と一度会うが、彼らの会話を聴いていると二年前の自分を思い出す。派遣先に対する愚痴、決まりきった文化論、会話のすべては同じ冷笑的な口調で流れる。その時期は必然的なものかもしれないし、面白いところもある。だがきみは当分の間少し距離を置くことにする。

たまにはポールと飲みに行く。二人だけだとガヤガヤしている繁華街に行かなくなり、だいたい烏《からす》丸《ま》御《お》池《いけ》周辺のレストランや、東山《ひがしやま》の路地にある隠れ家バーなどで静かに飲むことになる。会話は以前とは変わった気がする。三人の話をいつも微《かす》かな苦笑いで聴いていたポールの気持ちを少しだけ理解してきた気がする。

夕方に部屋を出て、当てもなく近所を歩き回る。マンションはこぢんまりとした商店街の一角にある。その道は電灯に眩しく照らされていて、きみの新しい部屋よりも小さな店が数多く並んでいる。八百屋と魚屋、文房具屋に駄菓子屋。豆餅専門店もあって、その前にできた行列からするとわりと人気があるらしい。買い物客や、自転車を押しながら通る学生たちの物音が高い天井に響き、心地よいざわめきをもたらす。

商店街に入ると別の時代に迷い込んだかのような不思議な錯覚がする。たとえば哲学の道や東山辺りで、意図的に保たれている、あるいは再現されている近代以前の雰囲気とは別のものがここにある。昭和、という言葉がきみの頭に浮かんでくる。

今までこの商店街に来たことがない、ときみは思う。見たことのないところが、この街にまだ沢山ある。

商店街の東へ出ると、河原町通《かわらまち》を越えて鴨川が見えてくる。同じ川なのに、ここは四条大橋や三条大橋とはまた別の、閑静な佇《たたず》まいがある。賀茂《かも》川と高野川が合流して鴨川として南へ流れるところに芝生に覆われたデルタが広がり、その後ろに下鴨神社《しもがもじんじゃ》へ続く糺《ただす》の森が鬱蒼《うっそう》としている。川床の落差を流れ落ちる川は絶えず落ち着いた滝のような音をもたらす。

秋の夕方の涼しさを楽しんでいる人たちがあちこちにいる。芝生に座って談話している学生、川岸のベンチでギターを練習している女性、川の浅いところに並ぶ飛び石を慎重に渡る子供の写真を撮っている若い家族。川の向こう側に聳え立つ大文字山の緩やかな輪郭を背景にさまざまな穏やかなシーンがきみの目の前で繰り広げられる。

きみは川縁に下り、空いているベンチに座り込んで、辺りを見回す。なんとなく手持ち無沙汰な気持ちになり、ジーンズのポケットから新品のタバコを取り出す。一本に火を点《つ》けて、長い一服を吸い込む。

これは何かの分岐点だ。これは何かの出発点だ。

この瞬間を実感し、記憶に刻みながら次のステップを考えよう。

そんな思いが頭に浮かんでくるものの、結局ただ一人でぼうっと水面に反射する対岸の光を眺めているだけだ。

きみはこの街のすべてを受け入れたわけではない。疎外感は依然としてある。だが前ほど気にしないようになった。それがいいことかどうかは、きみによく分からない。

週二回の夕方に社会人コースの授業がある。生徒たちはロビーに集まり、授業開始の十分前に、きみの個室に案内される。

水曜日の十八時半はイマムラさん。彼は今日も時間通りに入室して、予備の椅子に鞄を置きながら英語で丁寧に挨拶する。片手で古い背広のシワをなでてから、テーブルの向かいの席に座る。

——How are you doing today?

きみはいつものように話を始めながら、壁の時計に目をやる。タイマーを設定する必要はない。時間となったらスタッフが知らせにくる。

——I am fine. I had a very good week this week.

イマムラさんは六十代にしてはまだ若そうな顔をしている。眼鏡と白髪だけ取り除けば、まるで好青年の印象さえある。それはしっかりと若さを保っているというよりも、どこかの段階でただ成長することが留まり、彼の身体だけが勝手に老けていった、というような感じだ。

——Oh? What did you do?

——Do you know Kifune? It is a Japanese traditional shrine.

——Oh, yes, you take the Eiden Line, right?

きみも一度、夏に行ったことがある。

——I go to Kifune Jinja shrine with my son. Very beautiful.

——That sounds like fun.

毎週こうした会話が続く。最初は彼のミスを注意深く指摘してあげたが、イマムラさんはその言葉を直そうとしなかったし、むしろきみの指摘を迷惑だと思っていたようなので、今は指摘をせずに話を聴いてあげる。どうやら、イマムラさんが本当に求めているのはただそれだけだった。

彼が貴船《きふね》神社への遠足をゆっくりと語っている間、きみはその英語に注目する。言葉は訥々《とつとつ》とイマムラさんから出てくるけれど、話は分かりやすい。なぜだろう。おそらく、主語にズレがないというところだ。生徒の多くは、主語を言い忘れたり、文の途中で変えたりしたけれど、イマムラさんは常にそれをコントロールしている。

ほとんどの発言は「I」で始まる。

I went to the shrine.
I drank kuzuyu.
I prayed inside to the gods.

話の中心にイマムラさんの「I」がはっきりと立っていて、筋があちこちに行き来しても、いつも決まってその中心点に戻ってくる。暗い海に立つ灯台のようだ。

イマムラさんが日本語で喋っているところは聞いたことがない。ちょくちょく日本語の単語が、隙間を補填する程度彼の話に入ったりするけれど、ベースは常に英語だ。母語で物事を考えたり、話したりするイマムラさんを想像してみるが、そのイメージはなかなか見えてこない。きみの知っているイマムラさんは、あまりにも英語の「I」に収束されている。

日本語だとどの一人称を使っているだろう。私？ 俺？ なんとなく、「I」しかピンとこない。いつまでも自分の話を続け、語っているうちに直立する「I」を作っていく。そんなイマムラさんは英語に向いているのかもしれない。

木曜日はきみの休日だ。

週末にレッスンを入れる生徒が多く、土日は教員が総動員されているが、そのかわりに比較的に空《す》いている平日は休みとして割り振られる。平日に休みを取るのは決して悪くない。むしろ、世の中の多くの人々が会議室なり教室なり、どこか狭い部屋に閉じ込められている時間帯に自由に街中を散策できることを優雅に感じる。

京阪電車に乗り、三条へ出かける。河原町通りに面する大型書店に入り、店内を回る。ファッション誌、文房具、無駄に高価な洋書。奥の方へ進む。

ルートは決まっている。一階の雑誌を軽く見てから、文芸の新刊コーナーを確認し、それから文庫本の方へ続く。故郷の書店には決してない、出版社順に並べられた小さな本の列には、幾何学的な美学がある。その眺めは、きみがまだ把握していない論理がここにあるという事実を明示する。

外出が減り、こちらの言葉を喋ることが少なくなったが、以前にも増して文章に没頭している。八木の部屋に残した数多くの教科書のかわりに小説を読むことが増える。作家や時代にこだわりなく、ただ書店を見回って表紙や帯のデザインに惹かれたものを何冊か買う。ここに着いた頃に一ページも読めなかったような本が部屋に増え、本棚から溢れ、床の上のあちこちに積まれている。小説なら何でも貪欲に読む。私小説もサイエンスフィクションも、戦前に亡くなった文豪もテレビに出演する現代人も。佳作駄作を極めつけるほどの能力も知識もなく、ただ単にその中身と言葉を、まるで飢えているかのように、必死に自分の中へと取り入れようとする。

ようやくめぼしいものが本棚から出てくる。谷崎潤一郎《たにざきじゅんいちろう》の小説だ。言葉は難しいもののきみは最近、谷崎の小説を読み続けている。「痴人の愛」や「卍《まんじ》」、とにかく書店の在庫の多い順で読んだ。ある小説に法然院《ほうねんいん》が出てくるのを見て、作家のことを調べてみると、かつて京都に暮らしていたことが分かる。法然院に実際にお墓があり、そしてきみの近所で今でも立っている家に住んでいたらしい。外から京都に入ってきて一時的に暮らし、やがてはここで骨を埋めることにした谷崎に対してある種の親近感が湧く。きみは手に届くものをすべて読もうとする。

レジで代金を渡し、再び河原町に出ていく。道路の両側に立つ建物群はそれぞれ、京都の高さ制限ぎりぎりのところまで空に伸びていく。沈みかけている太陽の明かりはすでにその谷の中まで届かなくなって、すべてが灰色がかっている。

三条まで戻り、東へ歩いていく。大橋の脇に、二階建てのコーヒーのチェーン店がある。きみは入り、窓に面した席に座る。平日とはいえ、カフェは込んでいる。学生らしい者、主婦らしい者、観光客らしい者、それぞれエスプレッソ入りの飲み物を手に、外で絶えず流れていく川を眺めている。

ページの上にある物語に集中する。亀裂した夫婦関係の物語だそうだ。驚いたことに主人公は昔のきみと同じく、バートンの作品が好きのようだ。

作中に出てくる会話の言葉を難なく理解できるのに、こんな会話がきみの日常生活の中で起こらないのはなぜだろうか。日本語が未だに足りないのだろうか。それとも、外国人を目の前にすると日本人は普通に喋れなくなるのか。あるいはこんな会話が起こるのは現実ではなく、小説の中の世界だけなのか。きみには確かめようがない。

小説を読んでいるときみは自由にカメラアイとして文字の世界を彷徨《ほうこう》できる。日常生活では、きみが見る表情も、きみが聞く言葉も、あらゆる場できみ自身の存在によって歪められてしまう。きみの身体、きみのままならない発音、その異質性が常に邪魔になる。だが文字の世界だと、そのような異質性は綺麗《きれい》に取り除かれ、自分がいない日本語の世界を楽しめる。

唯一きみに不快な思いをさせる小説は、外国人が登場するものだ。外国人が作中に登場してしまうと、たいがい人間としてではなく、何らかの象徴として描かれる。不可解な脅威、哀れな孤独人、あるいは陽気でフレンドリーで、日本語の機微も日本人の繊細な心持ちも決して理解できぬ絶対的他者。ただ作者の意図に踊らされるからくり人形のような存在だ。不意にそういった描写に出くわすと、その書物を壁に投げつけたくなる。

そんなものよりも、日本人同士の、外国人が周りにいないときの姿を見せてくれる小説がよっぽど面白い。自分のいない場面、自分のいない世界を想像したい。

もし、きみがこの生活を小説にしようとすれば、どんなものになるのだろうか。深い会話は出てこない。深い人間関係も。ただ繰り返し接触し、そしてまた離れていく身体の連鎖で、メリハリのない日常が漠然と続く。それがきみの現実だ。しかしそんな話は小説にはならないだろう。

ある日、きみは書店の文具コーナーで原稿用紙に気がつく。

きみはそれを手に取ってみる。全体のサイズといい、紙上に印刷されたマス目といい、どことなく時代遅れな感じがする。こういうものを買う人は、やはり古いものに執着するような性格なのだろうか。

何らかの衝動に駆られ、一冊を買うことにする。まるでやましいものを万引きするつもりかのように、半分ジャケットの下に隠しながら店先のレジの方へ急ぐ。店員にも他の客にも見られたくない。震えている手で代金を渡して、早く書店を後にする。

その晩、きみは机に向かう。

この三年、よく日本語を読んでいたのに、最後に日本語を書いたのはいつだろう。大学の授業か。あの頃は新しい単語や漢字を学ぶたびに、練習帳の大きなマス目をゆっくりと埋め込んでいく感触が好きだった。

最初のマス目にペン先を当てる。いや、二番目か。昔の授業で、原稿用紙を使うときのルールを教わったような気がするけれど、記憶が朧気《おぼろげ》になっている。

僕

は

その一文字でマス目が埋まる。埋めただけで不思議な達成感が湧いてくる。

マスのおかげで、いつも不均衡になりがちな自分の文字が綺麗に見える。

書くことが

すらすらとペン先が紙の上を進む。

ない。

きみは頭を上げ、自分の字を読み返す。やはり、最初の「僕」が、気になる。一枚目を丸めて、最初からもう一度書いてみる。特に書くことはないが、今日見たことを書こうとする。今回はすらすらと言葉が出てくる。文章の意味はどうでもいい。重要なのはマス目を埋めることに伴う快感のみ。極めて肉体的で、純粋な感触だ。

きみは書き続ける。深夜まで書き続ける。一枚、二枚、用紙がなくなるまで、ペンに注入したインクの最後の一滴を搾り出すまで。やっと終わると汚された紙は部屋中に散らかっている。

読み返すと光景の描写が長々と続くばかりだ。たとえそれが自分の文章であっても、きみは自分のことを登場させたくない。自分のいない日本語のほうが、やはり美しい。

春になるときみは急に体を動かしたくなる。

早朝にアラームが鳴り出すとき日差しはすでに窓から差し込んできている。ベランダに干していたランニングウェアを取り入れ、着替える。マンションを出て、鴨川デルタへ向かう。

鴨川に続く商店街の道はまだ静かだが、それぞれの店から微かに生活の音が漏れてくる。豆腐屋の人は店先のケースを引っ張り出している。小さな古着屋のシャッターがガタガタと音を立てて上へ上がる。うどん屋の仏頂面の店長はラジオで朝のニュースを聴いている。いつものリズムだ。

この道の生活は毎日同じペースで進んでいる。ここの店の上に住んでいる家族は、何世代前からここを故郷と呼んできたのか。そしてそんな中でマンションができたからと言って、きみがこの辺りを呑気《のんき》に歩きまわることは本当にいいのか。

おそらく住民の人たちは、きみの存在なんか気にしていないだろう。きみはいずれはまた去っていくけれど、おそらく彼らの子供にも、またその子供にも、この朝のリズムをこのまま演じ続けていく者が残るだろう。彼らから見ればきみはこの道をただ通行している。その通行が数分でも数年でも数十年でも、その事実は変わらない。

商店街から出て河原町通りを渡り、鴨川の川縁に降りていくと、その広い景色は開放感を与えてくれる。同じく川に沿ってモーニングランをしている人が何人か遠くから見える。きみは少しずつ速度を上げながらいつものコースを走りだす。葵橋《あおいばし》から北上し、歩道が終わるまで走ると四キロ弱だ。それから折返して南下し、丸太町《まるたまち》辺りまで走るとちょうど十キロとなる。きみのペースではおよそ五十分かかる。

走りながら目の前の景色は一定の間隔で上下する。鼻から吸い込む朝の空気は爽やかで、植物の清潔な匂いがする。底冷えする冬がやっと終わり、そろそろ桜が咲く時期だ。それから徐々に日がまた長くなり、蒸し暑い夏がやってくる。ここに来てから時間の流れを直線ではなく、ぐるぐると回る循環みたいに感じるようになってきた。

きみは足元の歩道に注意しながら前へ進む。急ぐ必要はない。速度を制御して進むのがポイントだ。

八月は猛暑だ。雲一つもない空で太陽が燦然《さんぜん》と輝き、その厳しい日差しがあらゆるものに注ぎ込む。風もなく、河原町通りのアスファルトは眩しく光る。川に流れる水でさえ触ってみたら暖かそうに見える。

真夏日が続くのに、今年の古本市も大勢の客が集まる。糺の森をくぐり抜けて、下鴨神社へ続く広い参道に、市中の書肆《しょし》がテーブルと棚を組み立てて様々な古本を売りに出している。ここは樹木の影が気持ちだけ炎天の防御を与えてくれる。気のせいだろうか、森を流れる小川から聞こえてくるせせらぎもその影響を高める。

きみも客の一人だ。ゆっくりとテーブルからテーブルへ、当てもなくさまよっていく。特に探している本があるわけではなく、ただ回って見てみたい。

近代文学に特化した書店のテーブルに辿り着く。堀辰雄《ほりたつお》や森鷗外《もりおうがい》、伊藤整《いとうせい》の随筆集も特に順番なく並んでいる。見る限り初版などの珍しいものはないが、戦後に出版されたほぼ新品状態の単行本が多数ある。その一冊を手に取り、ページをめくっていると、テーブルの向こう側に座っている年配の男性が少し不思議そうに見ていることに気づくが、きみは特に気にしない。

しばらくテーブルを巡る。結局誘惑に負けて本を買うけれど、三冊で止めたことを自分なりに誇らしく思う。ようやくきみは古本市の北の先端まで辿り着き、折返し反対側に並ぶテーブルの商品を見ようと振り返り始めるものの、ふと思いとどまる。

きみはそのまま北へ、森のさらに奥へ進む。

しばらく歩くと、参道の右側に流れる小川を渡る、短い石橋が見えてくる。手摺もなく、きみはゆっくりと向こう側へ渡っていく。こんもりとした樹木の間に小道が開いている。

小道は森の外へ出ると、そこに森にぴったりと沿った民家が並んでいる。どれも古そうだ。それぞれ高い塀によって通行人の目から隠れているが、身長の高いきみは容易にその上から覗き見ができる。慣れた足取りで、目当ての家の前まで歩く。

周りに通行人が一人もいなくて、中にも人の気配はない。きみはつま先で立ち、遠慮なく中の庭を覗き込む。

すると意外なことに、きみの目は誰かの目と合う。

驚きのあまりたじろいで、一瞬倒れそうになるが、危うくバランスを保つ。木製の門が開く音がする。そこに、眼鏡をかけた、背の低めな中年男性が立っている。

——大丈夫ですか？

彼が尋ねてくる。そして思い直したように、

——アー・ユー・オッケー？

と質問する。きみの心拍はまだ下がらない。

——ああ、大丈夫です。

きみは慌てて返事する。そして一言を付け加える。

——ごめんなさい。

何を謝っているか、きみは分からないけれど、とにかく一言謝ったほうがいいような気

がする。空家のはずだったし、こちらから勝手に見ていたが、内側から見られる可能性は想像していなかった。まるでやましいところを見られたような気まずさが漂う。

——すっかり誰もいないと思いこんでいました。

沈黙を埋めるために、きみは話し続けるが、その言い方が口から出た瞬間に逆に怪しく聞こえることに気づく。

中年の男は不思議そうな表情でこちらを見ている。彼の目に映るのは警戒ではなく、ただの好奇心だ。

——もしかして、留学生ですか?

そうか。そうだ。この男はきっと、管理人か何かだろう。むしろ、話が通じそうだ。

——いや、留学生ではなくて、ただ谷崎を読んでいる者です。

男は嬉《うれ》しそうに微笑む。

——なるほど! わざわざ、海外から……。

彼は財布から名刺を取り出してきみに渡す。富田《とみた》という人で、市内にある私立大学に所属している教授であるらしい。名刺を作っていないきみはただ頭を下げ、なるべく丁寧な笑みを返す。会話が妙に行き詰まり、二人とも開いたばかりの門越しに中庭を呆然と見る。

教授はいきなりこっそりと、お茶目な囁《ささや》き声で話しかけてくる。

——ちょっとだけ入ってみる？

答えを待たずに、教授は再び門をくぐり抜けて行く。きみが一瞬躊躇したら、彼は振り返って手招きをする。

——どうぞどうぞ、遠慮はいいから。ほら、外から覗き見するよりいっぺん中に入ったほうが面白いでしょ？

きみは少し頭を下げながら門をくぐって、教授の後について玄関まで歩く。ここで引き返すかときみは思うが、教授は素早く靴を脱いで上に上がり、またきみの承諾を待たずに家の奥へ入っていく。きみは慌ててスニーカーを脱ぎ捨て、中へと敷居を跨《また》ぐ。気のせいだろうか、一歩踏み入っただけで中が外より涼しい。

きみが読んでいた文章を書いた者は、本当にこの部屋にいた。この玄関にいた。きみがいましがたくぐった門を毎日使っていただろう。しかし頭の中でそれが分かっていても、実感が湧かない。玄関先に刻まれた古い擦れ傷や、窓から注ぎ込む日差しの具合、すべてに外から想像できなかった現実味があって、頭の中でできていたイメージはごく日常的な、身近なものにすりかえられる。

奥の方へ進んでいくと家具に気がつく。誰も住んでいない部屋だが、あたかも誰かが住んでいるかのように、おそらく当時のものと思われる家具や、様々な小道具が丁寧に置かれている。しかしそのわざとらしさが逆にそこがイリュージョンであるという印象を高める。

教授はしゃがみ、テーブルに置かれている古本をじっと見て、少し位置を変える。

——あなたは、谷崎記念館に行ったことありますか?

——いや、ないですね。

——谷崎ファンならおすすめですよ。芦屋《あしや》ってわかるかな? 京都からは少し離れています。そこでいろいろ企画をやってるんですけど、たまには、この潺湲亭《せんかんてい》のツアーを提供してます。

教授は鞄から紙一枚を取り出して渡してくる。来週開催されるツアーのチラシだ。

——ちょっとこっちに来て。

教授に隣の部屋に案内される。部屋の中は和洋折衷的なデザインだ。小さなテーブルに設置された一個の椅子に教授は手招きして、どうぞ、と座るように促す。きみは言われたまま、古い椅子に慎重に座り込む。

——どうですか?

教授はにやにやとしながら訊いてくる。

――家のことですか？

――椅子だよ、椅子。

彼は椅子の背凭《もた》れを軽く叩《たた》く。

――これは当時のものです。谷崎本人も使ってたでしょう。

きみは何かを感じ取ろうとする。しかしやはり、それは普通の椅子だ。この家の前をよく通っていたが、今まで門はいつもきっちりと閉まっていた。だからこそ興味が湧いたのかもしれない。このように奥へ招かれて、その中が自分の想像で充たす空白ではなく、固定した現実であるという事実を確かめると、いささか神秘性が失われてしまう。

数分だけ、教授は家屋の中と、外で広がる日本庭園と、その中の茶室をすべて案内してくれる。谷崎の話をするとき彼は目に見えて嬉々《きき》としている。その即興的なツアーが終わり、きみは礼を言い、教授と別れる。

――頑張ってください！

彼は手を振りながら優しくきみを励ましてくれる。何を頑張るのか。谷崎の読書なのか。日本の観光なのか。具体的には分からない。

きみは書物でいっぱいのビニール袋をぶら下げながら南へ向かって、再び古本市を通り、糺の森を出て鴨川デルタに戻ってくる。午後の日差しは水面に眩しく反射するが、珍しく風が吹いていて、気持ちがいい。

デルタの先端のほうの芝生に座り込んで、さっき買った本を取り出そうとするが、思い直してさっきもらった名刺を再び取り出す。

夏はあと数週間だ。今日みたいな日が、今年あとどれくらい残っているだろう。

＊＊＊

新幹線が到着し、きみはホームへ降りる。駅の窓ガラス越しに寂れた南側の風景が見える。慣れた足取りでエスカレーターに乗って、地下鉄の乗換口へ向かっていく。

十月だ。この時期は観光客が比較的に少ない。駅構内の数多くの土産販売店を通り過ぎると祇園《ぎおん》祭のイメージで印刷された菓子や、風鈴や浴衣など、夏に必ず置かれる商品がすでに店先から姿を消している。あと数週間もしたら涼しくなってくるだろう。だが今は夏の残暑がまだ空気に浮かんでいる。

地下鉄の改札口でＩＣカードをかざす。手に持っているのはもうＩＣＯＣＡではなく、Ｓｕｉｃａだ。

烏丸線に乗り込むと車両の騒音とともに周りの関西弁が耳に届いてくる。緩やかな母音、少し伸びた語尾。初めてこの街を訪れたとき、その方言を紛らわしく感じた覚えがある。しかし今は懐かしい響きがする。まるで久しぶりに生まれ故郷の言葉を耳にしたような心地になる。

数分後に四条駅で降りる。階段を上り、地上に出て、河原町の方向に歩く。通りに面している小さな店がいくつか変わった気がする。だが四条河原町の交差点は変わっていない。そして四条大橋と、その向こうに見える南座《みなみざ》の輪郭も、昔のままだ。

きみの宿泊先は四条と五条の間の木屋町にある。川の方向に進んでいき、南に曲がって、大通りから少し離れると辺りがしんとしてくる。

きみが関西に来るのは確か、三年ぶりだ。大学院を出て、就職で京都を離れ、東京に移住することが決まったとき、これからも年に二、三回ここに戻り、友達と会ったり、行きつけの店に顔を出したりすると思っていたものの、新しい仕事は予想以上に忙しくてなかなか手が空かない。教授会、各種の委員会、入試問題作成。毎日なんらかの締め切りに追われていて、四年目の今はやっと少し要領を得た気がする。

今回の学会も出席する余裕はないだろうと思っていた。案内状が都内で借りている部屋に届いたとき、深く考えることなくすぐに屑箱《くずばこ》に捨てた。

きみは都内の私立大学に採用された。最初に富田先生のゼミに入ったとき、教員になるどころか、博士課程に進学するつもりもなかった。きみはただ、読書に専念する時間を確保したかったし、先生なら話が合いそうだと思っていた。しかし一年が二年になり、二年が三年になって、六年間も大学院で谷崎研究に注いだ後、教員はごく自然な進路に見えてきた。東京の大学は常に英語と日本語ができる外国籍人材を求めていると聞いた。どうやらきみのような者が所属するだけで、大学はより「グローバル」と評価されるらしい。

きみは依然として教育に向いていないと感じる。ガバナンスだのブランディングだのイノベーションだの、そんな言葉の意味がよく分からないし、そもそも意味があるかどうかを疑わしく感じる。だが教室で学生とともに集まり、小説を読んで、彼らの素直な反応を聞くのは楽しい。それに読書に耽る時間はある。今も変わりなく、きみは休みの日を書店で過ごしている。そしてきみの部屋のあらゆる表面は今も書物に覆われている。

ある日、授業が終わったら一人の学生が教室に残り、クラスメートがみんな外へ出たあと、きみに話しかけてくる。彼女は静かな学生で、授業中にあまり発言しないものの、課題にいつもしっかりと取り組んでいる。英訳で谷崎の小説を読むという授業で、帰国子女や英語が堪能《たんのう》な学生が多いが、彼女の発音からすると、帰国子女ではないようだ。必死な勉強でこの授業に入れた学生の一人に違いない。きみはその努力を尊敬する。

――プロフェッサー？　一つ、質問してもいいですか？

——はい、何でしょう？

学生と話しているとなぜか無意識に出てくる、富田先生のパロディーのような、改まった口調で答える。

——実は英語をもっと勉強したくて、来年度、アメリカへ留学しようと思っています。でも留学すると就活が遅れるし、ちょっと迷っています。

——なるほど。確かに良《よ》し悪《あ》しはありますね。

きみはまるで他人の言葉のように、自分が発している言葉を聞く。いつか、こんな話しぶりが自然に出るようになるのだろうか。

——何かアドバイスはありますか？

——アドバイス？

——やはり海外留学は、就活が一年間遅れてもいいほどの価値はありますか？

きみはいきなり、教員らしい回答に窮する。留学の「価値」って、いったいどうやって測ればいいだろう。

その晩、下北沢《しもきたざわ》の近くで一人暮らししている部屋に戻る。帰りにコンビニに寄って缶ビールを買う。レジの後ろに並ぶタバコを見ると、久しぶりに吸いたいという強い衝動に駆られるが、禁煙したのはもう何年も前だし、きみは買わずに店を出る。

部屋に入ると鍵をカウンターに落として、電気をつけないままソファに座り込む。ビールを開けて、一口飲む。ベランダのドアにきみの顔はうっすらと反映している。学部生の頃からさほど変わっていない。いや、それは錯覚だろう。毎日この顔を目にするため徐々の変わりに気がつかないだけだ。一部一部をよく見ると確実な変化が見えてくる。生え際は微かながら後退してきている。白髪も増えている。頬の肉は昔ほど張りがない。

海外留学の「価値」とは。

あの子は何を得るだろう。そして何を失うだろう。そもそもその総決算は、不可能ではないか。

きみが初めて自分の言葉と文化の外へ出て、海外へ渡ったのはもう十五年前のことだ。あの頃は確か、いつかこちらの言葉と文化の全体像をものにすることを望んでいた。努力さえすれば、この世界は自分に開くと思っていた。自分の物語はまっすぐに、すべてに意味を与える壮大な結末に向かって進んでいると信じていた。だが現実はずっと複雑で、ちぐはぐなものだった。

ベランダのドアを開けて、世田谷《せたがや》の住宅地の夜景を眺める。近くのマンションの合間に渋谷《しぶや》の明かりと、遠くに東京タワーが見える。故郷にも、八木にも、出町柳にもない光景だ。真っ黒になり切らない東京の夜空に浮かんだ満月のためなのか、きみはいきなり寂《せき》寥《りょう》感《かん》に襲われる。

京都に帰りたい。

ふと頭に浮かんだ言葉はこれだった。

すかさず、常に自分の日本語を監視している脳の一部が警鐘を鳴らし出す。帰る、のではない。京都はきみにとって故郷でもなければ、現在の居住地でもない。かつて、一時的に住んでいた街に過ぎない。

それでも仕方がない。文法的にそうとはいえ、きみの頭に浮かんだのは「帰りたい」だった。他にきみの気持ちを正確に表現できる言葉が、きみには分からない。

きみは学会へ出かけることにする。金曜の朝に、いつも肩からぶら下げている仕事用の鞄に着替えと歯ブラシを詰め込む。鍵と財布を拾い上げて玄関に向かって、思いとどまる。ジョギング用のアシックスが視野に入った。キッチンから近所のスーパーのビニール袋を取ってきて、そのシューズを丁寧に包んでから、鞄に入れ込む。普段より多い中身で鞄が少し嵩《かさ》張《ば》っているけれど、ぎりぎり閉まる。

夕方まで数時間があり、木屋町に面する居酒屋やバーはまだ閉まっている。きみは通りながらその看板や提灯を見る。初めてこの道を歩いたとき、こうした店の文字が読めなかった。読めるようになった今は、何かが変わったのだろうか。変わったような、変わっていないような矛盾した感じがする。

きみは大学院に入って最初の研究発表で、谷崎の「春琴抄《しゅんきんしょう》」を取り上げることにしたが、その小説を読み始めた瞬間にすぐに後悔した。文法も古くて、言葉遣いも難しい。それに句読点がほとんどなく、一文がどこに始まるか、どこに終わるか、きみによく分からなかった。院生が使う共同研究室に引き籠もって一つ一つの単語を電子辞書で引こうとしたが、たとえ一語の意味が分かっても、一文の意味がすぐに消えてしまった。

きみがその手作業に没頭しているところを見て、富田先生はそっと笑った。

——そんな細かいものを調べる前に、落ち着いていっぺん文章を素直に感じてみて。

——言葉の意味が分からなかったら、読めないじゃないですか?

——意味は後でいいから、まずは言葉を声に出してそのまま読み上げて。音、リズム。

そこが第一。

きみは納得がいかなかったものの、富田先生に言われる通りに「春琴抄」を最初から最後まで朗読してみた。最初の数ページはぎこちなく進み、喉がからからで、やはり意味がないと感じたものの、読み続けるとそのうち何かが変わった。理解不可能な箇所は相変わらずあった。しかし全体にあるリズムみたいなものが、微かだが自分の中に浸透してくる感覚はあった。

それから講義に出てくる作品や、研究資料や、先輩が配付するレジュメに載っている文字が確かに違うように見えた。それは解くべき問題でもなく、謎の意味を秘めるものでもない。まずは目の前にあるものをそのまま受け入れて、無理に理解しようとせずに慣れていく。不思議なことだった。力むよりも、いったん力を抜いて落ち着いたほうが、文字を読めたような気がした。

しばらく歩くとホテルに着く。古い町並みに合わせて改装された町家のような表だが、ドアを通って長い廊下を歩くと、明らかに新築の和モダンなフロントが広がっている。壁の後ろから間接照明が漏れて薄暗い雰囲気を醸し出し、どこからともなく琴の録音が流れる。

きみは笑いを堪《こら》える。こうして京都らしさを演じる京都も、この街の一部だったな。

きみは受付に近づく。自分より若いスタッフが慌てて英語で喋りかけてくる。きみははにかんで、日本語で答えると、彼女はほっとした表情で、あ、失礼しました、と言い、日本語に切り替える。

　このようなやり取りが気になっていた時期もあった。英語を頼りにせず、必死に日本語を喋ろうと努力していたのに、相手がきみの顔を見て英語で喋りかけてくると、侮辱されたような気持ちになった。しかしそんな若々しい情熱はもはや、きみの胸に湧いてこない。考えてみると、良くも悪くも、いろんなことがどうでもよくなったような気がする。

　差し出された用紙に住所を書き込み、その情報をパソコンに打ち込んでいるスタッフの指先をぼうっと眺める。きみは突然、彼女に伝えたくなる。

　それは今の住所だけど、十年間この街に住んでたよ。

　出町柳辺り、豆餅のふたばの近くにな。

　本当は、ここは僕の街でもあるんだよ。

　だがきみはもちろん黙ったまま、ただ鍵を渡してくれるのを待つ。

　新しいがリーズナブルなホテルだけに、客室はオシャレな、しかしどこか安っぽい家具が設置されている。デザイナーズ、という謎の流行語が浮かぶ。片手でカーテンを開けて細長い窓から眺めを確認してみるが、隣の建物の壁と、その上で徐々に暗くなりつつある空しか見えない。

きみは荷物を下ろす。身体の突然の身軽さを味わう。

手渡された領収書を取り出して、確認する。上の欄にきみの名前は全角のローマ字と、その上にカタカナで記されている。どちらもシステムに長過ぎたらしく、途中までしか印刷されていない。残りの文字はその隣にフロントスタッフの手で書かれた。さまざまなパーツが合わない、継ぎ接ぎの名前だ。それを見たきみに違和感はない。


翌日の暁闇《ぎょうあん》に目覚める。

鞄からランニングシューズを取り出し、ウェアに着替えてからホテルを出ていく。外では空気はまだ涼しい。日が昇るとまた暑くなるだろうが、明け方の涼しさに秋が感じ取れる。

薄暗い中できみは川へ向かう。早朝には、人気がない。川縁に降りて、北へ走り出す。

三条大橋。二条大橋。しばらくすると丸太町橋。

きみはさらに速度を上げる。

鴨川デルタに辿り着く。そのまま走り、賀茂川が西へと傾いて高野川から離れていく方向に進んでいく。

よく考えると、きみの人生の大半はこの街と関わっていた。生まれ故郷でもなく、今住んでいるところでもない。ただ何度か、一時的に、ここにいた。大勢の観光客のように。大勢の修学旅行生のように。大勢の学生のように。

だがきみは確かにこの街にいた。

きみは川に沿って進む。常に動き、常に流れ、それでもいつも変わらずここにあったこの川。北へ向かって走り続ける。朝の日差しは水面を輝かせ、対岸の山脈の輪郭をくっきりと縁取る。こんな光景を独り占めするのが早朝のランナーの特権だ。

意識的に速度を落とす。スプリントではない。ゆっくり、息が荒くならない程度、一定の速度を保って走り続けること。

葵橋辺りで引き返し、再び南下する。

ここは過去を振り返ってやまない街だ。もはや存在しない、ときにはそもそも存在したことのない過去に潜りたくてこの街に大勢の旅客がやってくる。こんな街の中できみも懐かしさに駆られるのはおかしくない。

早まるな。

ペースを維持すること。

目の前にある百メートルに集中すること。

丸太町を通る。二条を通る。三条も通る。気がついたらまた四条大橋に近づいている。ふと、方向を変えて、階段を登る。早朝だからか、四条に珍しく人影がまったくない。大きな道路に車も一台もなく、音楽を止めてイヤホンを外すと川の流れ以外は何の音もない。

きみは橋の真ん中辺りに立ち、北を見る。この眺めがまるで御伽噺の世界のように見えた時期は確かにあった。だがあの頃きみの想像を掻き立てた空白は今や無数の記憶に充たされている。これはデルタの方向だ。きみがかつて住んでいた部屋の方向だ。何百回も歩いたり走ったりしてきた川縁を見つめる。

夜ほど神秘的な眺めではない。だが朝の淡い日差しを受けた街もそれなりの美しさもある。

きみは再びイヤホンをかけて、音楽をつける。きみは頭を下げる。橋を渡って、祇園の方向に走り出す。目の前にある百メートルだけに集中する。

異言《タングズ》

ジェームズが牧師のバイトに就いたのは、僕らがまだスプラウト英会話学校の福井《ふくい》駅前校で働いていた半年前だった。

　初めての挙式が終わり、教員住宅になっていたマンションに帰ってきたとき、彼は祭服を着たまま僕の部屋にやってきた。牧師というより、これからハロウィーンパーティーに向かうやんちゃな子供のような格好だった。

「どう、おしゃれだろ？　俺ってやっぱりスプラウトのダサいポロシャツなんかよりこういうのが似合うんだな」いつものくっきりとしたイギリス訛《なま》りの英語で話しながら彼は異常な器用さで部屋を飛びまわり、長くて真黒な祭服を振りまわしていた。

「どうした、その服？　新しいパジャマか」読みかけの教科書を机に置き、ジェームズの動きを目で追った。彼は突然止まり、ゆっくりとこちらへ向かった。恍惚《こうこつ》状態に入ったかのように目を半分閉じ、ふざけた声で喋《しゃべ》りながら腕を伸ばした。

「青年よ、数多くの罪を我に懺悔《ざんげ》せよ。父なる神様の愛を授かりたまえ」

生徒が減っていて、職員室の壁に貼ってある時間割表が埋まらない中、ジェームズは副業を探し出した。ところが四十歳を越えた資格のないイギリス人は、一般企業になかなか相手にしてもらえず、胡散臭《うさんくさ》いマルチ商法を一時試したけれど、結局それも尻すぼみに終わり、転職は現実的に不可能に見えてきた。彼に言わせると、フェニックスブライダルチャペルに応募したのはただ好奇心に駆られただけで、実際に採用されるなんて思ってもみなかったらしい。正直なところ、僕も驚いた。彼の極めて人懐っこい態度は年齢に反して非常に若い印象を与え、腹部の周りに溜まった贅肉《ぜいにく》と、退行しつつある生え際に現れた艶《つや》やかな地肌がその印象をむしろ強調した。ジェームズは面白い同僚だったが、牧師という言葉が連想させる威厳は皆無だった。

「聖職者を軽んじるでない。破門してやるぞ」

「宗派が違うような気がする。でも牧師って、あくまで仮定的な肩書でしょ？」

「いや」彼は鞄《かばん》から表彰状のような分厚い紙一枚を取り出した。「いちおう正真正銘の牧師だ。チャペルの労働組合的なルール云々《うんぬん》でな」

手渡された書類をよく見ると、英和併記の認定証だった。真ん中にジェームズのフルネームも記されてあった。

「正真正銘の定義がよくわからなくなる」また軽くからかったが、姿見の前で様々な荘厳なポーズを試していたジェームズは気にも留めなかった。

それは僕がスプラウトに採用され、アメリカにある地元から日本へ渡ってきてから三年目のことだった。英語教育については何も知らなかったけれど、大学卒業の頃に経済が低迷していたし、すぐに就職するよりしばらくアジアで不況を凌《しの》ぐことのほうが賢明な選択肢に思えてきた。入社したとき、ジェームズはすでに学校の古参として知られていた。いつからこうして英会話を教えていたのか、具体的なことは僕に分からなかったが、若い頃の武勇伝を語りだすたびにポケベルだのバブルだのが出てくることからすると、かなり前から日本に住んでいることだけは確かだった。

マンションでも学校の狭い事務室でもジェームズの話を毎日のように聞かされていた。英会話教師は決して過酷な仕事ではなかったけれど、待機する時間が長く、僕ら教員はいつもどうにか暇を埋めようとしていた。生徒がようやく教室に入ってきたらいったん仕事モードに切り替え、スプラウト独自の教科書をたどって手引通りにレッスンを行った。タイマーが鳴りだすと再び待機室に戻り、また相談に耽った。

駅前の英会話学校だけあって、生徒は多種多様だった。朝コースの子供や、夕方に来る受験生が基盤だったが、大学生や会社員など大人コースに通う生徒も一定数いた。ときには対応に困る生徒もいた。親にむりやりに入学させられたふてくされた中学生。新しいことを学ぶより、自分の知識をひけらかして誰かに褒めてもらうために来る初老のサラリーマン。言語力を磨きあげて、ワーキングホリデーやらバックパッキングやらで今までの人生を一変したいと言いながら、何らかの理由で勉強がなかなか継続しない若者。この最後のグループが最も不思議だった。経歴や人柄はまちまちだったけれど、言葉に対して何かを切実に求めていたことだけが彼らを結びつけた。宿題もろくに出さなくて、上達を示さないのに、英語が上手にできるようになった将来を語るときだけまるで生まれ変わりでも期待しているように、畏怖に満ちた声になった。

その頃に僕が日本語の学習に励んでいたのも、彼らの理解への試みだったかもしれない。ほぼ毎晩、狭い自室に設置された机に座り、書店で吟味した教科書を開いて文法や単語の問題を解いていた。別に日常生活でそんな必要を感じたわけではない。毎日の大半は英会話学校で過ごしていたし、外で出会った日本人の多くも最初から英語で話しかけてきた。日本に住んでいたとはいえ、実際に日本語を使う機会がほとんどなかった。少しでも、生徒たちが感じていたものを体験してみたかったが、単語帳に新しい言葉がいくら蓄積しても、彼らの気持ちは依然として謎のままで、自分が生まれ変わる気配なんて、毛頭なかった。

英語に包まれたその小さな世界は心地よくて、気がついたら何の変化もなく二年間が過ぎていた。このまま五年も、十年も同じように過ごしていくことの容易さを、ジェームズの話を聴くたびに意識せざるを得なかった。

スプラウトが金銭的なトラブルに巻き込まれているという噂《うわさ》は前々から聞いていた。その頃に勉強の一環として毎晩見ていたニュース放送に一度東京にある本社が映ることもあったが、アナウンサーが使っていた難解な言葉もテロップに書かれた複雑な漢字も理解できず、一瞬で次のニュースに変わっていた。多少の経営難があっても、それはあくまで東京にある本社の問題で、遠く離れた福井駅前校にまで影響を及ぼすまいと高をくくっていた。ジェームズがチャペルに出かけて牧師ごっこをしていた一方で、僕はいつも通りレッスンを行っていた。簡素な生活を支えるための賃金は確保していたし、英会話学校の仕事に対して別段愛着がなくても不満も特になかった。

最初に問題の深刻性を示したのはハリガミさんだった。ハリガミさんとは僕らの家主だったが、一度も見たことがなく、すべてのコミュニケーションは彼が定期的にドアに貼りつける注意や通知を通じて一方的に行われていた。ハリガミさんのメッセージは必ず英語で書かれたが、機械翻訳を利用していたからだろうか、不可解な文章が多かった。比較的簡単なメッセージでも、主語はなぜか必ずItとなっていた。

「It does not leave laundry things in public dryer」

「It does not smoke on veranda」

新たなメッセージが現れるたびに我々教員は一階の掲示板前で集まり、首を傾《かし》げ、まるで死海文書でも見ているかのように解釈に挑んだ。僕は最初にそれらのメッセージを冷たく感じていらついたが、時間が経つにつれて慣れてきた。目の前に現れないその管理人が、一人で作成した不思議な文章を見て、よし、と満足げに頷くところを想像すると、なんだか滑稽で憎めないように感じた。

ハリガミさんの最後の貼り紙を最初に発見したのはジェームズだった。彼は僕のドアをノックして、応答を待たずに入り込んできた。

「何だこれ? Itは払った、Itは払っただろ!」と、わけの分からないことを叫んでいた。僕は机から立ち上がってジェームズの手から貼り紙を取った。

「It fail at pay rent three months. It go out by end of month」

何度かメッセージを読むとその意味をやっと理解できた。

「滞納で強制退去ってこと？　何かの勘違いだろう」

「勘違いに決まってる。給料から天引きされた家賃は一体どうした？」

スプラウト英会話に採用されたとき、学校側が斡旋《あっせん》した「教員住宅」なるマンションに入居することが条件の一つだった。自国の会社なら、とんでもない干渉として断っただろうが、そのときは来日したばかりで、保証人だの礼金だの、他のマンションが必要とする聞いたこともないもので戸惑っていたので、すんなり学校側の条件を呑み、指定のマンションに住み込んだ。入社してしばらく経つと、そこの家賃が少しばかり相場より高いのが分かったが、もうすでに入っていたし、今さら会社と戦う気はさらさらなかった。自分が嫌なら、今すぐ代わりにこの仕事をやる人が何人でもいただろう。

「ハリガミさんに連絡を取る方法はないかな」

「いや、ないよ。あいつの顔は一回も見たことない。スプラウトに問い合わせた方が早い」

学校は遠くなかったので僕らは直接行くことにした。灰色のコンクリートのマンションから出て、大通りに繋《つな》がる路地の迷宮を慣れた順で抜け出た。古そうな民家や錆《さ》びついた倉庫の前を通り、数分後に足羽川《あすわがわ》の広い堀に沿って歩いていた。春に美しく咲く桜の並木はどんよりとした秋空の下で寒い風から身を守って背を丸めているように見えた。気がついたら僕らも思わず同じポーズで進んでいた。

日本に来る前に赴任先に対してどのような予想を抱いていたかもう思い出せない。おそらく渋谷スクランブル交差点とか富士山とか、旅行会社の観光ポスターにありそうな光景だったと思うが、ともかく福井に着いてからそのイメージは徐々に上書きされた。パスポートを発行して、長時間飛行機に乗り、地球の反対側に辿《たど》り着くと、その先に目新しいものに出会うことを自然な結末として期待するが、福井で見出したのはむしろ自国の地方にもありそうな、無味無臭の郊外だった。文字が違ったり、食事が違ったり、そういった相違はあったものの、装飾を剥がし取ると生活に大して変わりはなかった。

川を渡って駅前の繁華街に入った。百貨店やチェーン店の居酒屋の前を通り、ようやくスプラウト英会話の軒先に着いた。すでに十時で、この時間帯だと学校は朝のコースで混んでいるはずだったが、暗い窓には僕らの顔しか映らなかった。ドアに貼りつけてあった格式張った縦書きの通知書を読まなくても、その内容は推測できた。


「この本棚、要らない？」

「ジェームズは要らないの？」

「新しいのを買おうかな。いちいち持ち物を運ぶのがめんどくさいし。欲しいならやるよ」

スプラウト英会話学校が倒産して間もなく、僕らは引っ越しの準備に取り掛かっていた。結局最後まで、会社から説明も正式な解雇手続きもなかった。

あまりにも唐突な出来事で、教員はみんな次の仕事探しや家探しに急いでいた。何人かは帰国したと思う。東京や大阪のような都市に移って新しい職を探す人もいたと聞いたが、全国の店舗がほぼ同時に閉校したわけだから、当時は英会話教師の供給が需要をはるかに上回っていた。春に入社した新人の一人が忙しく駆け回って、全員で訴訟を起こそうと熱く語っていたが、みんなに笑われた。

「ああ、みんなで裁判所へ行こうじゃないか」とジェームズはからかった。「無職のガイジンの団体を見たら裁判官はきっと喜ぶだろう。一人一人を探し出して強制送還する手間は省かれる」

ジェームズは帰国する気配が少しもなかった。どうやらこれくらいのことを凌ぐ技がすでに身についていたようだった。

「なんだ、大したことない。英会話なんてそもそも怪しい業界だし、たいていの会社は早かれ遅かれ潰れるさ。そういうもんだ」段ボール箱に本を詰めながら彼はそう言った。すべて英語で書かれたものだったが、日本についてのノンフィクションや小説が多かった。ジェームズ・クラベルの隣に、川端康成《かわばたやすなり》の英訳も並べてあった。

「どうする？　チャペルのバイトだけで生活できる？」

「まあ、何とかなる。こういう時期に生き残るのに必要なのは柔軟性だ。こう見えて俺は意外と世渡りが上手いよ」げらげら笑いながら、彼は古い軽自動車へ箱を運んでいった。その夕方、彼はマンションを後にした。次にどこに行くかは詳しく言わなかった。

僕は月末までマンションに残ることにしたが、貯金が底をつきそうになっていた。インターネットで新しい仕事を探しながら、その合間に日本語の教科書を読み続けた。

最初は英会話の仕事を検索してみた。案の定、悲惨な状態だった。スプラウト英会話が福井に限らず、全国の英会話教師コミュニティーに与えた打撃が、在日英語話者が集まる掲示板の投稿から伝わってきた。

〈九州で教員を募集してる学校を探しています〉

〈教員住宅から追い出されたけど、これ違法なのでは？〉

〈就労ビザがもうすぐ失効！　やっぱり帰国するしかない？〉

僕も帰国することを考えたが、すぐにやめた。このままアパラチア山脈の麓にある何もない故郷に帰ることを想像すると、陰鬱に沈みそうになった。英会話教師の職がなくても、他にできる仕事はあるはずだった。むしろここ数年の勉強を駆使して、今まで安住していた小さな英語の世界から出る機会と考えるようになってきた。

日本語を使う仕事も視野に入れた。一般の求人を検索したが、教科書に出てくるような単語と、一般企業の書類に使われる単語との間に大きな隔たりがあることをすかさず痛感した。仕方なく辞書を取り出し、画面に出てくる知らない単語を調べながら、自分が当てはまりそうな仕事に履歴書を出してみた。観光業やメーカーなど、いくつかの候補はあった。だが結局のところ返事は来なかった。

あの滑稽な祭服の格好でどこかのチャペルの前で物々しい台詞《せりふ》を朗読しているジェームズのことをふと想像した。そうやって自尊心を捨てることなく仕事に就くことはできる、と自分に言い聞かせた。

部屋探しもまた問題だった。引っ越しの費用を持ち合わせておらず、しばらくは誰かに泊めてもらうしかなかった。しかし携帯を取り出して連絡帳を開いてみても、登録された名前の多くはパーティーで一度切り会った人や、とっくに帰国してしまった人だった。「百合子《ゆりこ》」のエントリーまでスクロールした。一瞬迷ったが、他に選択肢はなかった。

百合子は元生徒だった。スプラウトがいきなり倒産するまで、彼女は毎週金曜の夕方に僕の教室に通っていた。教科書的な指導を必要としなかったし、教員と生徒との関係に伴う堅苦しい雰囲気は最初からほとんどなかった。ただ普通に会話をして、彼女が間違える箇所を僕が丁寧に指摘するという、彼女が提案した設定に従ってレッスンを行った。大抵の場合、それは簡単な質問から始まった。

「週末は何をしましたか？」

そして百合子は休日の出来事を慎重な英語で話してくれた。

「わたしは友達と一緒にコウベに行きました。あなたはコウベに行ったことはありますか？」

百合子は授業中に英語から脱線することは一度もなかった。言いたいことがすぐに表現できなくても、彼女は教科書通りの単語や慣用句を組み合わせて、時間をかけて文法的に正しい文を一つずつ口に出した。おそらく彼女は僕よりずっと正しい英語を喋っていただろう。その話し方は不思議な印象を与えた。意思伝達には見事に成功していたが、そこに妙に感情が入っておらず、聞き手としては注意深い朗読を聴いているような気持ちになった。彼女の喋り方に釣られて、僕も無意識に同じような口調で答えるようになった。

「いいえ、行ったことはありません」

僕らの会話はいつも丁寧で、品が良くて、温かみもあったけれど、二人の間に一定の距離感も常にあった。まるで僕ら二人が英語の教科書の例文に入り込んだような、どことなく不自然な会話になった。

「わたしたちは、博物館に行きました。コウベは、港湾都市ですので、数多くの面白いものが見られます。そして、海外の美味《おい》しい料理も食べられます」

「楽しそうですね」

こうした他愛ない話を何度も交わしているうちに、百合子の私生活についていくつかのことが分かってきた。彼女は敦賀《つるが》に生まれ育ったが、大学のときに一年ばかりカリフォルニアに留学したことがあった。帰国して大学を卒業した後、福井市にある地方銀行に無事に就職した。そこで何らかの事務的な仕事をしながら貯金を蓄え、毎年の有休をまとめて使って二週間ほど北欧だのイタリアだの、とにかくかわいい雑貨やかわいい洋菓子の店が点在するような街をぶらぶらするのが彼女の趣味だった。そして時間が切れると福井に戻り、そのサイクルをまた最初から繰り返した。

「コウベの夜景はとても綺麗《きれい》です」

「そうですか?」

「ええ。マウント・ロッコウから海が見渡せます。水面に浮いている船の灯《あか》りが蛍のように光っていて、幻想的です」

「いいですね。いつかわたしも見てみたいです」

「ではいつか、案内してあげましょう」

百合子は確実に僕より年上だったが、二十代後半だろうか、三十代だろうか、外見では推測できなかった。シンプルにアレンジされた真黒な髪といい、過去に矯正したことのある人特有の綺麗な歯並びといい、全体的に清楚な印象を与えた。彼女の言動には、揺るぎない自信を感じさせるところがあった。言葉に窮したり、慌てたりすることなしに、相手の言うことをすべて同じ暖かい笑顔で受け入れた。その態度に魅力的なものがあった。

原則として教師と生徒との私的関係は禁じられていた。だがそれはあくまで建前であって、マネージャーの注目を引くようなことをしない限り特に注意されることはなかった。

社会人コースの生徒は女性が多く、中に海外ドラマや海外旅行が好きで、日常的な憂鬱を異世界の文化で紛らわす夢想家は少なからずいた。教員もまた漠然とエキゾティックな刺《し》戟《げき》を求めて渡ってきた男性がほとんどだった。そんな環境の中で、意図はせずとも関係が生まれることはおそらく不可避な帰結だっただろう。それらの関係の多くが短時間で崩壊するのも、おそらく同じだった。

学校の規定を守ろうとしても、小規模の地方都市には人が集まる場所は限られている。駅前のバーや、大学周辺の店で生徒と出くわすことはざらにあった。百合子が入学してきた頃に一度だけ、彼女のことを学外で見かけた。毎年十月に、えちぜん鉄道が車両で開催していたハロウィーンパーティーに参加したら、そこで踊っている百合子の姿を見つけた。猫やらバニーやら魔女やら、仮装をしていた周りの人とは違い、彼女はコスチュームを着ていなかった。いつもの小綺麗な身なりで、ただ電車の動きと音楽のリズムに合わせて動いていた。次の瞬間、彼女の姿は人混みに消えて、話しかけることはできなかったけれど、なぜか、その光景は記憶に残った。

最初のデートはあっさりと決まった。ある日のレッスン中に、彼女は英語の検定試験を受けると言い、食事でもしながら勉強方法について相談に乗ってくれないかと誘ってきた。教室の近くに上司がいないことを確かめてから、僕は頷いた。彼女はいつものようなほんわりとした微笑を見せた。

百合子は気を利かせて、学校から少し離れた片町《かたまち》の繁華街にあるイタリアンレストランを予約してくれた。他の教員や生徒に見られないように、店で待ち合わせることにした。店先に着くと、彼女は短めのスカートに胸の形を強調した白いセーターで待っていた。

その夜の会話はレッスンの時とあまり変わらなかったが、環境が違うだけでいつもの教科書通りの話はある種の深みを帯びてきた。彼女は夏に行ってきたノルウェーの話をしてくれた。

「オーロラが見たかったのですが、タイミングが合いませんでした。でもフィヨルドがものすごく美しかったです」

華奢《きゃしゃ》な指で鞄から携帯を取り出し、写真を見せてくれた。灰色の空を背景にした険しい崖で、真っ白な地面が深い霧で見え隠れしていた。その崖っぷちに立った百合子は笑いながらカメラに向かって手を振っていた。美しい光景だったが、同時に何だか気味の悪いものもあった。彼女が今にもその崖から落ちるのではないかという思いがどこからか湧いてきた。

彼女は僕の故郷について訊《き》いてきた。僕はジョージア州北部のアパラチア山脈の位置を説明しようとした。

「アトランタは聞いたことありますか?」

「昔、オリンピックがあったところでしょう?」

「そうです。わたしの故郷は、アトランタから少し離れた、小さな町です」

「あなたは南部の人ですね」そう言って彼女は何かを思い出そうとしているように目を閉じて黙り込んだ。そして閃《ひらめ》いたように、「あっ、『風と共に去りぬ』の舞台ですね!」と言った。

「詳しいですね」

「あなたは読みましたか?」

「いいえ、実は読んだことがないです」

「映画も、観たことないですか?」

「残念ながら」

「もったいないですよ。あなたの文化なのに」

彼女にそう言われるまで特にもったいないと思ったことはなかった。そもそも自分のことを「南部の人」と思ったこともなかった。

彼女はいきなり話題を変えた。

「南部は方言もありますよね」

「ああ、あります」

「何か喋ってください」と茶目っ気のある笑顔で頼んだ。

何と言えばいいか、しばらく考えた。最後に地元の方言を発したのはいつだっただろう。

「ヘイ、ヨール」と言ってみた。南部方言の定番台詞。やあ、きみたち。ジョージアに住んでいたときにも、おそらく一度も口にしなかった表現だ。だが何となくそういう言葉が今求められているような気がした。

「へえ、凄《すご》いです！」百合子は嬉《うれ》しそうに手を合わせた。「口の動きが、英語じゃないみたいですね。もう一度、言ってください」

百合子はテーブルに上半身を乗り出して、僕の唇を間近で真剣に見つめた。微《かす》かに香水の香りがして、赤ワインで紅潮したほっぺたがいつもより一段と可愛かった。

「ヘイ、ヨール」一層大げさに自分の顔を歪めて、南部方言特有の緩やかな母音を絞り出した。

百合子はその音を真似してみたが、発音が微妙に違っていた。

「わたしにはできないのですね」と、彼女は機嫌よく笑った。そして指一本を上げて、僕の唇の輪郭をなぞった。「だって口の作りが全然違います」

食事を済ませてワインを空けた。レストランを出て横道に入ると、酔った勢いで笑ってよろめきながら、ホテルのどぎついネオンの方向に進んだ。

ほど遠く見えたその距離があっという間に縮み、気がつくと僕らは玄関を通り抜けていた。無人の受付に設置されたタッチパネルに利用可能な部屋の写真が並んでいて、「Gorgeous Suite」とか「City Suite」とか、なぜかそれぞれに筆記体の英文字が付いていた。なぜこんなときにも英語を使うのだろう、と無関係なことを不意に思った。そのどうでもいい考えを振り払い、百合子の手を握ってエレベーターのボタンを押した。部屋にたどり着くと、実際はタッチパネルの写真より小さく、ベッドやカーテンは淡いクリームがかった配色だった。まるで若い新郎新婦の初夜を彷彿《ほうふつ》とさせるようなデザインだった。

その夜、僕らが暗闇の中で動きながらも彼女は英語に粘った。あの朗読のような完璧な言葉遣いで、絶えずいやらしい英語を喋りつづけた。まったく隙がなかった。その声を聞きながら、様々な疑問が浮かんだ。いったいどこでこんな言葉を覚えただろう。そして彼女にとって、これももしかして英会話のレッスンの一部なのではないか。

その後も、僕らの関係は同じように続いた。週に一回、彼女はレッスンを受けに来て、その後に他の予定がなければ片町周辺で再び合流した。夕食を共にして、英語で会話をし、最後に近くのホテルで抱き合う。付き合っているとか、恋愛とかいう話はなかったが、単なる遊びより極めて純粋な感じがした。僕らの関係は教室とレストランとホテルの中で綺麗に片付けられ、それ以外の生活とくっきりと区別された。僕はそれ以上のことを求めていなかったし、おそらく彼女も満足していたと思う。海外旅行と同じように、僕と会うことは彼女にとって小さな冒険のようなものだっただろう。

学外で会うようになってからもう半年以上過ぎていたが、なぜかいつもと違う条件で彼女に連絡するのが反則であるような感じがした。しかし他に連絡する人が思い当たらなくて、仕方なくメールを打ち込み、午後に福井駅のカフェで会うように頼んだ。もはや人目を掠《かす》めて会う必要はなかった。

僕が先にカフェに着いた。ぬるいブレンドコーヒーを飲みながらカフェの前を通る人の流れを眺め、百合子が現れるのを待った。

彼女が住んでいる部屋はどのようなところだろうとぼんやりと想像していた。ベッドの上で彼女の身体に寄り添い、その部屋が見たいと以前言ってみたものの、そのたびごとに彼女は巧みに断った。

「わたしの部屋は狭くて汚いところです。つまらないですよ。こちらがいいです」

「具体的に何がいいですか？」

百合子はしばらく黙った。寝たかと思いきや、また喋りだした。

「こうしてあなたと一緒にいると、なんだか懐かしい感じがします」

百合子は約束の時間通りにカフェに入ってきた。今まで見たことのない銀行の制服を着ていて、普段下ろしていた髪の毛をきつく束ねていた。英会話学校で会ったときよりずいぶん機能的な格好で、こうして平日に彼女を呼び出したことについて改めて迷った。彼女の顔に明確な不安が現れていたが、いつもと変わらずあの教科書通りの英語で話しかけてきた。

「閉校のことを聞きました。大丈夫ですか？」

事情を手短に説明した。彼女は閉校についてすでに知らされていたが、教員がどうなったかについては当然、何の情報もなかった。マンションから追い出されることを告げると、彼女の目は大きく開いた。

「あまりにもひどいです。あの会社は一体何を考えていたのでしょう」

「でももう、仕方がないですね。ともかく新しい家を探さなければなりません」冷たくなったコーヒーを啜《すす》り、間を入れた。「実は、あなたを呼んだのはその相談がしたいと思ったからです」

彼女は手を合わせて、考えに耽《ふけ》った。しばらくすると、同情を含んだ目で僕の顔を見つめた。

「わたしは福井の宿泊施設について、あまり詳しくないのです。シェアハウスみたいなところはあるかしら？　検索しましたか？」

「いや、そうではなくて」

彼女はただ不思議な表情で見かえした。

「もし迷惑でなければ、あなたのところに少しだけ泊まれたらなと思っていました」

「えっ、わたしの部屋ですか？」彼女は目に見えて慌てて訊きかえした。

僕は自分の境遇を素直に言ってみた。

「正直に言うと、引っ越すためのお金は今のところ持っていません。次の仕事先もまだ未定です。あなたの負担になりたくないのですが、わたしは福井に頼れる人が他にいません。あなた以外にね」

彼女は下を向いて、顔をしかめた。僕は思わず固唾《かたず》を呑んだ。

「あなたは、本当に困っていますね」

「はい」

「海外に住んでいると、家族も友達もいなくて、とても危うい立場ですね。何か縋《すが》るものが見つからないと、自分を失いそうなときさえあります。大変ですよね」

彼女が慎重に言葉を選んでゆっくり話したからか、その物言いはある種の深遠さを含んでいるように聞こえた。僕らはまだ部屋の話をしているのか、よく分からなかったが、はにかみながら百合子のトーンに合わせてみた。

「だからこそ、お互いに助け合うことが大切ですね」

数秒が経つと、彼女の表情が徐々に、見慣れた笑顔に変容してきた。彼女は顔を上げた。

「助け合いですね」と彼女は明るく言った。

その週末に彼女の部屋に自分の荷物を運び、そのまま泊まることになった。

十月の朝の淡い日光がかろうじて薄暗い寝室を照らしていて、窓越しに灰色の雲が重そうに見える。目を開けずに手を伸ばしてベッドを探るが、そこにはすでに冷たくなった枕とシーツしかない。

耳を澄ましてキッチンから漏れてくる人工的な音を聴く。百合子のところに引っ越してからの一ヵ月でその物音に慣れてきた。彼女の平日の朝は決まったリズムに従う。電気ケトルのスイッチがカチャッと切れる。マグカップに湯を注いでいる音。陶器に当たるスプーンの音。レンジがチーンと鳴って、足音が床に伝ってくる。毎日同じ音を、毎日同じ順番に。音の間に沈黙がさまざまな長さで入ってくる。物音自体よりも、その静かな合間の方が想像を膨らませた。ちょうど今、彼女は廊下の鏡で化粧を確かめているだろう。今は紅茶を啜っているだろう。それぞれの間に耳を傾けながら百合子の姿を想像してみた。

不思議な感覚だった。ベッドから起き上がり、隣の部屋に入れば、その光景を肉眼で見られる。ベッドに残って一人で想像を巡らす必要はない。だがこうして彼女のことを頭の中で勝手に描き、その静謐《せいひつ》な光景を外から眺めたかった。じっとしていて動かない限り、僕も百合子もその平穏な朝を楽しむことができる。その光景に自分のことを入れようとすると、目の前に立ち上がっている幻想が速やかに瓦解するかもしれない。

ルーティンが終わりに近づき、彼女が仕事用の鞄に物を詰めているのを聞くと、僕はようやくベッドから起き上がり、キッチンに続く廊下を通っていく。

彼女は田原町《たわらまち》のこぢんまりしたマンションに住んでいた。決して贅沢な住まいではなかったが、土地の広い福井だけあって二人でも難なく暮らせるスペースは十分にあった。彼女の心配に反して、汚いところは一つもなく、むしろ驚くほど清潔だった。電化製品はすべて新品のようにピカピカとしていて、家具はおしゃれな北欧風の組み立て式のものだった。本棚の上にヨーロッパのさまざまな国から持って帰ってきた雑貨とともに、小さな和柄のものも陳列されていた。モデルホームを思わせるような整理整頓だった。特定できなかったけれど、洋服の畳み方にしろ、調理器具の並べ方にしろ、僕が経験してきた生活とはまた別のものをその部屋の詳細がことごとく語っていた。不快な感覚ではなかった。

「グッドモーニング」彼女は明るい声で挨拶した。

「グッドモーニング」僕らの会話は相変わらず常に丁寧な英語だった。「もうお出かけですか？」

「そうです。今日は帰りが遅くなると思いますけれど、一人で大丈夫でしょうか？」

「大丈夫です。今日は仕事をします」

荷物をまとめおえて、百合子は僕をハグしてきた。ベージュのジャケットを着てドアを開けると、外から吹き込んできた風で僕は思わず震えた。

「では頑張ってください。イッテキマース」明るい声で百合子は言って出かけていった。

「イッテラッシャーイ」と僕は返事した。

いってきます、いってらっしゃい。ただいま、おかえり。僕らが使っていた日本語はこれだけだった。最初は何度か日本語で話しかけてみたが、百合子はそのたびに英語で返してきて、そのうち僕は断念した。相変わらず、僕らの会話は常に丁寧な英語で交わされていた。しかし英語を使っていても、こういう決まり文句だけは欠かしては気が済まないと百合子は言った。

最初は短時間だけ泊まることになっていたのに、一ヵ月も経った今、ほぼ同棲《どうせい》の状態になっていた。この先はどうするかについて話し合っていなかったが、気がつかないうちに二人とも本物の恋人のように振る舞っていた。毎晩、どちらかが用意した夕飯を二人で食べた。毎晩、二人で同じベッドで寝た。あっという間に、僕らは二人だけの居場所を作り上げていた。

以前と比べて一緒に出かけることは少なくなったが、百合子のスケジュールでは仕方がなかった。彼女は毎日銀行に勤め、定刻となるとほぼ毎日どこかの「お稽古」に向かった。火曜日の夜は書道、水曜日の夜は生け花教室、土曜日の朝はヨガ入門。かつて英会話のレッスンが入っていた金曜の夜に、僕らは彼女のリビングで今まで通りに会話練習を行っていた。いつもどこかのアクティビティ、いつもどこかのイベント。もう少しゆっくりしてもいいのではないかと思ったものの、こんな形でいさせてもらっている以上、彼女の生活リズムに合わせて、何らかの癒やしを与えてあげることが僕の務めであるように感じた。

ときには彼女はお稽古の後、友達と飲んできた。終電を逃してタクシーで帰ってきて、風呂に入らずにすでに寝ていた僕の隣に倒れ込んでくることもたまにあった。だいたいは重いドアがバタンと閉まる音で僕が目覚めたが、そのまま寝ているふりをして、酔った彼女の不器用な寝支度の音に耳を澄ました。押し入れのドアが開く。流し台から水の音がする。暗闇の中でアルコールと汗の交わった臭いが漂ってくる。僕らは一言も交わさない。そういうとき、彼女に対して深い親しみを抱いた。言葉のないまま、彼女の匂い、音、感触に満たされたその甘い空間に浸りたかった。

百合子が仕事へ出かけてから、僕は毎朝のようにパソコンを起動してメールを開いた。インボックスを更新したらエージェンシーからの依頼がすでに届いていた。ファイルを開いて確認すると二ページにも及ばない短い書類だ。字数から計算するとおそらく三、四時間でできるだろう。

百合子の部屋に入居して間もなく転職先が見つかった。インドを拠点とした在宅翻訳エージェンシーは資格などを求めず、問い合わせてみるとすぐに日英翻訳トライアルの書類を送ってくれた。専門用語の多い研究論文だったが、辞書を引きながらかろうじて仕上げた訳文がどうやら査読者を納得させたようで、それから毎日、翻訳依頼がインボックスに届くようになった。

その様式はいつも同じだった。翻訳対象の原文とともに必要以上に堅苦しい英語で書かれたメッセージがメールで届いた。クライアントが急いでいる場合、エージェンシーが電話をかけてくることもあった。携帯電話は国際電話の番号を正しく読み込めなかったのか、決まって『不明』という文字が画面に現れた。僕が出ると、相手の声と共に聞こえてくる雑音が僕らの間の距離を示した。

仕事用の通名だろうか、彼らはいつも英語圏の名前を名乗った。「こんにちは、こちらはブランドンと申します」と、英語で言ってきた。国際電話の著しい雑音の混じったその教科書通りの挨拶が、聞き取りにくくて分かりづらい。だが気さくさと能力が伝わってきて、親近感を覚えざるを得なかった。

エージェンシーのホームページには、どこのビジネスサイトでも見るような写真がところどころちりばめられていた。スーツを着た爽やかな日本人の若者が、風通しの良さそうなオフィスで笑顔で働いているシーン。周りにはその害のない若者と同様に害のない日本語が次々と綴《つづ》られていた。「あなたのビジネスのために」や「最先端のイノヴェーション」やら「信頼できるノウハウ」やら、意味をなすというより、ある種の優越性と安全性を匂わせる言葉が写真の間の空白を埋めた。

実際はそのオフィスはどこにもないようだった。エージェンシーの「東京支社」というのは郵便箱に過ぎなかった。その陽気な若者のイメージの裏には、ブランドンと、僕と、おそらく同じように離れ離れに独自で作業していたフリーランサーしかいなかった。

ブランドンは、ときには日本人の顧客に対して鈴木《すずき》とか山田《やまだ》とか、同じように通名を名乗って日本語で接客するのだろうかと考えを巡らした。なぜか、それはうまく想像できなかった。

依頼された書類は土木建設に関するものが多かった。トンネル掘削技術の紹介。送電網のスマート化のための提案。時間経過に伴う鉄橋の性能低下とその対策。耐震工事の新たな発展の一考察。そういったタイトルの論文が相次いで届いてきた。緩く繋がっている街や村を一つの統合したものにするインフラの知識が世界中で求められていたらしい。分からない単語も多かったけれど、辞書で調べたらなんとかなった。

〈我が国の湿潤気候は木橋の構造的完全性に大きな影響を及ぼす。従ってその性質調査及び対策に先端的技術の導入が必要である〉

あるウィンドウの中の日本語の言葉を、別のウィンドウの中の英語の言葉に移しながら、底のない谷間を渡る古い木橋が見る見るうちに崩れ落ちている光景が思い浮かんだ。一つ一つの言葉で、それぞれの割れ目と隙間を補塡させようとした。だがいくら埋めても穴が大きくなるばかりだった。

この仕事を始めるまでは翻訳者は透明な存在のようなものだと思い込んでいた。単なる変流器のように、ただ機械的に一語一語の形状を変化させるだけのことだと。実際にやってみると、そう簡単にはいかなかった。原文を理解し、内在化した上で、別の言葉でゼロから再建しなければならない。たとえ僕が引き受けていたような科学的な文章でも、機械的な翻訳は不可能だった。変流器ではなく、新しい言葉の源そのものにならなければならなかった。原文で触れた語彙は自分の中に引っ掛かり、詰まったりして、少しずつ新しい言葉の集合体が自分の中で溜まってきた。それで新たな言葉を作り上げるような土台ができたかもしれないが、同時にその濁りつつあった源から言葉を絞り出すのが難しくなった。透明な存在ではないにせよ、まったくものを通さないほど詰まると、翻訳者として機能しなくなるだろう。

最初は微々たる違和感として始まったものは新規の依頼が届くたびにますます増えてきて、日に日に蓄積してきた。どこから来たか分からなかったし、解決の方法も思いつかなかった。その感覚について、誰かと話してみたかった。百合子に相談することも考えたが、暖かいカリフォルニアの微風のようにすらすらと出てくる彼女の言葉を思い出すと、理解してくれるとはなぜか思えなかった。

その違和感で一文字も翻訳できない日もあった。壁を眺めながら自分をたしなめた。楽な椅子に座り込んでただ文字を置き換えるなんて、何が難しいのか、と。そう思いながらマンションの窓から道路の向こう側を見た。工事中の新築マンションの上で作業員が巧みに骨組みを飛び歩いていた。

彼らを見ろ、と思った。それは本物の仕事だ、本物の生産だ。彼らに向かって弱音を吐けるのか。

そう考えると羞恥がまた一層深まったが、仕事は依然として進まなかった。

インボックスに届いた論文はまだ画面に映っていた。引き受けるなら早めに返信しなければならない。しかし引き受けることを考えると、まるで身体が拒否反応を起こしたかのように、皮膚に妙な痒《かゆ》みを感じた。無意識に手を足首に伸ばしたり、頭に伸ばしたり、肩に伸ばしたり、それぞれの痒いところを無闇に掻いた。画面に映るぼやけた文字を読もうと目を細めると、気怠《けだる》さが胴体から腕足へ広がった。その感覚を抑えようと返信のボタンを押し、真っ白な作成画面に切り替えた。短い答えを書くのがせいぜいだった。

〈申し訳ないですが、今週のスケジュールは既に仕事で埋まっているので本件につきましては他の翻訳者に譲ります〉

返事を送ると胸の締め付けられた感覚がいささか和らいだ。椅子に深くもたれ、突然重くなった目を閉じた。

福井市にブリティッシュパブは一軒だけあった。片町のある一角で、クラブや風俗店のけばけばしいサインの間、イギリス風のその店頭は浮いた存在だった。中に入ると平日だけに客が少なく、大型テレビでサッカーを観ているサラリーマンの集団以外、テーブルはほぼ空いていた。バーに座っているジェームズの姿が目に入った。今日は祭服を着ておらず、古びたシャツにカーキのズボンというリラックスした身なりで携帯をいじっていた。彼は僕に気づくと、飲みかけのグラスをカウンターに置いて腰掛けから身軽に降りた。

「マイク！　元気でやってたか？」

彼は僕の肩を叩《たた》いた。サッカーの観戦者の一人はぼんやりとこちらに振り向き、またテレビに向いた。

「相変わらず。ジェームズも元気そうだね」

「アタリマエデスヨー！　俺はいつも元気さ。さあ、座ろう座ろう。何飲む？」

僕は生ビールを注文すると、ジェームズは一気に残りを飲み干し、新しいものを頼んだ。しばらくするとバーテンダーが淡い琥珀《こはく》色のエールと、蛍光色の空色のカクテルを運んできた。

「スプラウトが倒産したとき、もうそろそろ英会話から足を洗った方がいいんじゃないかと思った。今はな、ガイジン牧師をフルタイムでやってる。こう見えても俺は立派な聖者だよ」彼は笑いながらカクテルを美味しそうに啜った。

彼はしばらくその仕事の話をした。日によって違うチャペルに回され、朝に一度新郎新婦とリハーサルした後、本番の挙式を司る。たった数時間の作業のわりに給料はかなり高かった。忙しい時期、一日に四回も挙式に出ることもあるが、普段は昼頃に帰り、海岸に行ったり、街に出かけたりしていた。福井に外国人は少なくなかったが、外国人牧師に求められるイメージを具《そな》えている者は多くなかったので、食いっぱぐれることはまずないとジェームズは言った。

「今はうちの会社でたった一人で越前《えちぜん》地方を担当してる。もう一人のベルギー人のやつもいたけど、この前クビになって」

「クビになるような仕事なの？　随分のんびりしてるように見えるけど」

「たまにはある。何しろ儀式だからさ。俺たちから見ればただの仕事だけど、お客さんにとっては特別な日なんだ。ヘマはできない。新婦新郎が夢見てきた日を台無しにしたら、ただじゃ済まないぞ」

「その人は何をしたんだ？」

「まあ、あいつは俺たちの仕事がどうしても理解できなかった。所詮はパフォーマンスだからな。与えられた役を果たすこと。それはこの国のゴールデンルールだ」

僕は頷いたが、心の内ではなんだかよく分からなかった。

「それで、最近どう？　今でもあのお人好しの生徒につけこんでんの？　たまげたな、おまえだって世渡り術を心得たな」

「そういうことじゃない」

「まあ、そうムキにならなくても」ジェームズは笑顔で僕の両肩を摑んで軽く揺さぶった。「でもすごいタイミングだね。ちょうど先生が家から追い出されたとき、たまたまその瞬間に一人暮らしの生徒と真剣に付き合いたいことに気づくなんて。ああ、この俺の老いた乙女心をくすぐるラブストーリーだ」

ジェームズの冗談はきつかった。あまりにもシニカル、あまりにも計算的な考え方だった。だが彼の見方に一理あることも否めなかった。

「まあ、いいんじゃないか？　彼女は住み込みの英語の先生をもらえたし、おまえの家問題も片付いたし、ウィンウィンだ。あとは仕事だけだな」

仕事という言葉を聞いた瞬間、部屋でやり残していた翻訳の続きを思い出した。思わずジョッキに手を出して、一口飲んだ。

カウンターの向こう側に並べてあった酒瓶を眺めた。馴染みの銘柄はいくつかあったが、その多くは聞いたことのない、味も知らないものだった。

「さっきのベルギー人の話さ、もう代わりは見つかった？」

「いや、まだ広告すら出してない」

別に永遠に続ける必要はない。ただ翻訳が円滑に進むようになるまで、あるいは他の仕事が見つかるまででいい。日本語を使えるし、それにガイジン牧師といっても、真面目にやれば普通の仕事ではないか。ジェームズみたいに、外国人のパロディーのように振る舞わなくていい。

「なんだ、普通のサラリーマンにでもなると思ってた。やってみる？　おまえみたいな好青年ならきっと雇われるよ。今度、マネージャーに紹介してやろう」

僕はただ黙った。

結局、その翌週にチャペルに行くことになった。

平日の長い昼間にまだ翻訳の仕事に取り組んでいた。エージェンシーの依頼をいくら断っても新たなリクエストが絶えずインボックスになだれ込んできた。一ページもない短めな論文要旨を引き受けることにしたが、その文面を見た瞬間に、またしても不快感が現れた。繰り返し深呼吸をしながら感情を整理した。一語一語に集中して、なんとか逐字訳を絞り出した。だがセンテンス単位で考え始めたら頭がまたぼうっとしてきた。まるで自分が現実からぺらっと剝がし取られ、ただ宙に浮いているような感覚だった。その状態を長時間耐えられず、数十分後にまた仕事を放置した。

仕事が進まないときは百合子の本棚を適当にあさっていた。英語の教科書、旅行案内書、自己啓発書、実利的なものが多かった。ノルウェーのフィヨルドの歴史本を開いてみたが、地理に関する難解な言葉が多く、途中で諦めた。

数は少なかったものの日本語で書かれた推理小説や恋愛小説も何冊かあった。作家の名前は聞いたことがなかったけれど、帯の宣伝文からすると有名だったらしい。慣れない縦書きの行を目で追いながらゆっくりと読んでみた。ページをめくった。気がつくと物語に没頭していた。

文面は一見して仕事で扱っていた論文と変わらなかったのに、小説の文章がその不思議な違和感を引き起こすことはなかった。訳すプレッシャーを感じずに、ただぼんやりと、ゆるいペースで読み進めたからだろうか。論文とは違い、その文章から声が聞こえた。すべてが理解できたわけではない。なんとなくしか分からない言葉も多々あった。だがそういった新しい言葉が自分の中にふわっと定着していく柔らかい感覚に浸っていると、自然に落ち着いた。

本の隣に積んであった大学ノートやアルバムを何気なくめくることもあった。大学一年生の彼女の姿を初めて見たとき、写真に映っていた人物が彼女であるのを判断することは時間がかかった。長い髪の毛が茶髪に染めてあって、でかい英文字が書かれたTシャツを着ていた。欧米系の留学生に囲まれた写真も何枚かあった。ノートに自分の名前を「Li ｌｙ」と書いていた。

カリフォルニア留学から帰ってきた四年生の写真に、僕が知っている百合子が初めて現れた。漆に塗られたほど真黒な髪に、落ち着いた色の服装。化粧の効果か、顔色も一色白くなったように見える。卒業式でサークルからもらった色紙に「Ｌｉｌｙ」などは消えていた。「百合子」、あるいは「ゆりちゃん」ばかりだった。「伝統文化研究会」というサークルに参加していたらしく、後輩のメッセージの周りに写真も何枚か付いていた。「きもの体験」や「いけばな教室訪問～」のようなキャプションが丸々とした文字で記された。

そんなものを見ているとき、百合子が帰ってきた。

「タダイマー」と玄関で靴を脱ぎながら彼女は呼びかけてきた。

「オカエリー」と僕は反射的に答えた。

彼女はリビングに入ってきて、いつも通り英語に切り替えた。

「それは何ですか？」

片手でアルバムを頭の上に挙げて見せた。「あなたの大学アルバムです」

「困りましたね」彼女は苦笑した。「なぜそんなものを見ていますか？」

一日中の大半、小説の日本語に浸《つ》かっていたからか、彼女の言葉は不思議な異質性を帯びて耳に届いた。彼女は僕の隣に座り込み、膝の上にあるアルバムのページを眺めた。

「うわー、とても懐かしいです。若かったです」

「全然変わっていませんよ」

彼女は静かに笑った。「あなたは優しいですね。でも、変わりましたよ」彼女は一年生のときの写真を手に取った。「昔、わたしはこんなスタイルだったのですね」

「確かに、一年生のときの写真と四年生のときの写真をこう合わせて見ると、雰囲気がずいぶん違いますね」

「そうですね……カリフォルニアで、いろいろ試してみました」

「自己探求みたいなことですか？」

「どのように表現すればいいでしょう」百合子には珍しく、言葉に窮していた。言葉を注意深く選択していることが伝わった。「わたしは、小学生の頃から海外に憧れていました。邦楽より洋楽のほうが好きでしたし、ジブリよりディズニー派でしたし、最初から英語の授業も大好きでした。ですから、大学生になって海外留学をすごく楽しみにしていました」彼女は留学の写真を手にとった。「でも実際にカリフォルニアへ渡ってみると、初めて本当の意味での異文化というものにぶつかりました」

「差別でも受けましたか？」

「いいえ、違います。むしろとてもかわいがってもらいました。でも向こうはみんな、それぞれのアイデンティティをしっかり持っているでしょう？　中国系の方も中国文化がわかりますし、スペイン系の方もスペインの文化に詳しいです。でもわたしには、そんなものはなかったのです。ただただ、英語を喋ることがかっこいい、わたしも喋れるようになりたい、そんな思いしか持っていませんでした」彼女はじっと写真を見つめた。「やはり変な話ですよね」

「そんなことはありませんよ」

「留学先の大学にジャパン・スタディーズの学科がありました。キャンパス内に日本庭園もあって、その中で和風の茶室まで設置していました。日本にいたとき茶道なんか興味がまったくなかったのに、向こうでその光景を見て初めて、その美しさを感じました。おかしく聞こえるかもしれませんが、日本のことに興味を持ってくださった方を見たそのとき、自分は日本人だなと、初めて自覚しました。その事実を受け止めなければ、海外の方に提供できるものは何もありません」

僕は無言で頷いた。彼女が言わんとしていることは、なんとなく分かるような感じがした。だが同時に、引っかかるところもあった。説明できなかったが、その話に短絡のようなものを感じた。

僕は百合子の背中に腕を回した。彼女は僕の肩に頭をそっと乗せてきた。

「その意味で、あなたがとても羨ましいです」

「羨ましいですか？　なんで？」

「もとから英語が話せたからです。世界のどこに行っても、話が通じます。どこでもありのままの自分でいられます」

返す言葉がなく、僕はただ呆然と宙の一点を眺めていた。

確かに福井に来てから、日本語を強制されることは一度もなかった。それどころか、どこを向いてもそこで英語がいつもたちはだかっていた。仕事で英語を使った。百合子との会話も英語だった。日本語を要求されなくても、そこはかとなく別種の要求は常にあった。ときには、その要求に意図せぬ方向へ静かに引きずられているような気もした。

気のせいなのだろうか。やはり羨ましい立場なのか。


福大前西福井駅に到着すると、開閉ボタンを押してえちぜん鉄道を降りた。駅のホームに冷たい風が吹き込み、ネクタイを騒がしく揺らした。まだ十月なのに、福井の長い冬の気配がすでに感じられた。

ネクタイを手で直し、ジェームズが渡してくれた地図を確認しながら歩いていった。

フェニックスブライダルチャペルは西環状線に面していた。変哲もない建物の中でチャペルだけが努力して壮大な外見を呈示していて、分かりやすかった。空に聳《そび》える塔の下にチャペルのさまざまな施設がすべて同じ象牙色の漆喰で塗られていた。全面を囲む柵に掛けてあった巨大な広告に写る新婚夫婦のモデルが道路を通る自動車やバイクに向かって大きく笑って見せていた。

三メートルもの高さがある木製扉の他に、職員が使いそうな別の入り口を探してみたが、諦めてその巨大な扉をゆっくりと押し、中へ入っていった。

礼拝堂の向こう側に大きな台があって、その前に長い客席が並べられていた。多分二百人は入れるだろう。高い天井が荘厳な印象を与え、ステンドグラスから入り込む秋の弱い日差しが部屋全体を柔らかい明かりで包み込んだ。一瞬、ここがビジネスの場であることを忘れるほど美しい空間だった。

故郷にも教会は多かった。だが山中で拙速に建てられたもの、小屋に過ぎないもの、今にも倒れそうなほど古くてボロいものがほとんどで、このような立派なチャペルに足を踏み入れたことが僕にはなかった。ここは映画やテレビでしか見たことのない世界で、まるでハリウッドの撮影所に迷い込んだような錯覚を覚えた。この建物で式を挙げる人も同じような気持ちになるのだろうか、ふと気になった。

側壁のドアから、高級そうなスーツを着こなしていた中年男性が入り、熟練された営業的な笑顔を見せた。悠然とした小走りでこちらにやってきた。

「お待たせしました。マイケルさんですね、はじめまして。堀部《ほりべ》と申します」

堀部が渡してくれた名刺にチャペルディレクターという肩書が書いてあった。名刺を作っていなかった僕は頭を下げて、教科書的な挨拶を返した。

「はじめまして、マイケルと申します。本日はお時間いただきありがとうございます。よろしくお願いいたします」

「日本語、お上手ですねえ。それは助かります」

堀部はさっき入ってきたドアを通って、控室のような部屋に案内してくれた。広間より狭かったが、家具と装飾は同じ洗練された風だった。

「どうぞ、お掛けになってください。ジェームズさんの知り合いですね」

「はい、そうです」

「マイケルさんも、イギリスの方ですか？」

「いいえ、僕はアメリカ人です」

「あ、そうですか。すみませんが、もう一度、立っていただけますか？」

指示された通り立ち上がり、頭から足まで何度か行き来する堀部の品定めする視線を感じた。

「でも、何となくヨーロッパ風な外見ですね。祭服が似合いそうです。こういう仕事は、今までされたことはありますか？」

「いいえ、最近まで英会話学校で働いていました。ジェームズと一緒に」

「なるほど。でも先生のお仕事をされた経験がありましたら問題ないでしょう。人の前で話すのが苦手とか、そういうのはもちろんないですよね」

「特に問題ないと思います」

ソファの前に置かれた低いテーブルの上に、何冊かの結婚雑誌の最新号が丁寧に並べてあった。一冊の表紙にウェディングドレスを着た色白な白人女子がポーズしていた。なぜかいきなり、そのモデルの身の上について好奇心を感じた。彼女は誰だろう。なんとなくロシア人と思わせるような顔立ちだった。東京のどこかに暮らしているのだろうか。それともただのストックフォトなのだろうか。

堀部は机の引き出しの中からバインダーを取り出して、忙しくページをめくりながら仕事の内容を説明してくれた。

「格別難しい仕事ではないです。ただ新郎新婦さんの前に立って、祝禱《しゅくとう》をして、お客様を楽しませる、という感じです。いわばパフォーマーの仕事です」

「シュクトウ?」その言葉の意味が分からなかった。

「英語で言いますと、ベネディクションのことですね。『良き言葉』。結婚とはどういう意味があるかとか、夫婦の愛の大切さとか、まあ、そういった話を少しして、新郎新婦の幸せをお祈りして、それで終わり。台本はこちらで用意しますから、心配することはございません」

そこでジェームズが後ろのドアから入ってきた。

「失礼します。どうですか、堀部さん? ぴったりでしょう」

よく考えれば、ジェームズが普通に日本語を喋っているところを聞くのは初めてだった。いつものふざけた物言いよりずっと流暢《りゅうちょう》だった。

「ああ、ジェームズさん。言った通りですね」

堀部は僕の方に向いた。「ジェームズさんは優秀な牧師ですよ。マイケルさんの研修を担当します」

ジェームズは大げさに会釈をした。そして同じく大げさに片言の日本語で言った。「ヨロシクオネガイシマース」

堀部は静かに笑った。バインダーから何枚かの書類を外して、僕に渡した。

「まずはこの書類に記入してください。今日は通帳を持ってきましたか?」

僕は頷き、書類に記入しはじめた。面接は意外と早く終わり、二十分後に帰路についていた。

「タダイマー。マイケル、こっちに来てください。友達に紹介したいです」

火曜の夕方に、百合子は書道レッスンから友人を連れて帰ってきた。僕がキッチンに入ると、彼女の隣に立っていたおとなしそうな女性はビクッとした。

「マイケル、こちらはカオリです」

「はじめまして」と小さく頭を下げながらカオリは日本語で言った。

僕はその振る舞いを真似して、教科書通りの日本語で返事した。「よろしくお願いします」

百合子は僕ら二人を見ながら苦笑し、「英語で話してみて」とカオリに促した。

「あっ、マイ・ネーム・イズ・カオリ」不安げに笑いながら彼女は言い直した。

百合子はスーパーのレジ袋からビールと酎ハイを取り出して冷蔵庫に入れ始めた。

「今夜、わたしたちはナベパーティーをしますよ」と彼女は英語で宣言した。それを聞いたカオリは百合子に日本語で質問した。

「英語でもナベって言うの？」

「ううん、向こうはナベとかしないもん」

三人で食事の準備を進めながら会話はこういう風に続いた。二人は日本語で話したが、百合子はときおり僕に向かって英語で優しく話しかけてきた。そのたびにカオリが黙って僕らの会話を必死に聞き取ろうとして、理解ができたら、うんうんと一人で頷いてつぶやいた。

「マイケルの故郷は何という町でしたっけ？」百合子はいつもより一層甘い声で訊いてきた。

「ハートウェルと言います」と答えた。言葉が僕の口を出るとカオリはすかさず訊き返した。

「何て何て？　はーとうぇーる」

二人は楽しそうに笑った。百合子は得意げにハートウェルの位置を説明した。

「ハートウェルはね、ジョージア州ってとこにあって、ほら、フロリダ半島があるでしょ？　それよりちょっと北のほうにある。アメリカではその辺は南部と言う」彼女は英語に切り替えて僕に話しかけてきた。「だからあなたは南部訛りで話しますね」

カオリは感動したような声で百合子を褒めた。「いいなー、ゆりちゃんってめっちゃ英語上手だね」

リビングに土鍋を持ち運んで夕食を食べはじめても、三人の会話はこうしてぎこちなく進んだ。僕はほとんど二人の会話を聞いていただけだった。ときどき、カオリは百合子を通じて僕に質問しようとした。

「和食も食べられるの？」

「マイケル、あなたは日本の食べ物がお好きですか？」

「ええ、好きです」

百合子はカオリと会話しながら僕の腕と背中を優しく撫でた。僕はまるでペットのように百合子の膝の隣に座り、笑顔を維持しながらご飯を食べ続けた。

「暖かくなったらみんなで花見しよう」

「うん、行こう行こう」

お酒で勇気を出せたのか、カオリはいきなり僕に向かって英語で質問してきた。「マイケル、ハブ・ユー・ビーン・トゥー・ハナミ？」

ああ、したことあるよ、とゆっくりと英語で答えたら、カオリは満足げに何度も頭を上下させる。そして彼女はまた百合子に話しかけた。

「でも海外では花見しないよね」

会話にあまり参加せずに、ずっと一人でビールを飲み続けながら二人の声を聴いていた。こんなに長い時間百合子の日本語が聞こえるのは珍しかった。同じ人が話しているのに、英語で喋るときとはまた違うリズムとペースがその言葉にあった。このもう一人の百合子に話しかけてみたかった。だが今までの経験で、英語が返ってくるのは分かっていた。

お酒のせいか、気がつかぬ間にそのまま眠ってしまった。目が覚めるとカオリはすでに帰っていた。うとうとしながら、百合子の膝の上に頭を寝かせて、彼女が僕の顔を撫でる感覚を楽しんだ。炬燵《こたつ》の上に置いてあったビールに手を出して取ろうとしたが、彼女は先にビールの缶を手に取り、優しい笑顔で僕の唇に当てて、一口飲ませてくれた。

「ああ、オイシィー」ほろ酔いで呂律《ろれつ》が回らなくて、やや片言の日本語が僕の口から不意にこぼれ落ちた。

彼女はニヤッと笑う。早熟な子供を甘やかす母のような陽気な声で、珍しく日本語で返事した。

「うん、おいしいねー」

目を閉じたまま、僕は日本語で話し続けてみた。「ねえ、百合子、僕が日本語を喋ろうとするとき、なんでいつも英語で答えるの?」

「うーん、あまり考えたことないな。なんて言ったらいいかな」彼女はビールを一口飲んだ。「だって、なんか変な感じがしない?」

「変な感じって?」

「あたしたちは今まで、ずっと英語を使ってきたでしょ？　マイケルを見ると、英語が自然に出てくる」

「でもさ、こうして一緒に住んでるし、僕はやっぱ、もうちょっと日本語を使いたくて、僕は、百合子と日本語で喋ってみたいなって思ってて」うとうとしながら、まとまりのない発言がだらだらと続いたが、何を言おうとしているのか、英語でも日本語でもよく分からなかった。

百合子は再び英語に切り替えた。「あなたにはボクが似合いませんよ」僕をぎゅっと抱きしめた。「わたしは、英語を喋るあなたが好きです。かっこいいです」

僕は目を開き、彼女の顔を見上げた。彼女はとてつもなく美しい笑みでこちらを見守っていた。

「ボク」はいつから使いはじめただろう。母語に一人称が一つしかないから、最初は一人称の選択という概念を上手く把握できなかったような気がする。あの頃はIしかなかったのだ。紙上に書いたら飾りのないまっすぐで硬直な一線。口に出したら、言葉というより動物が吠《ほ》えたような純粋な母音。その文字と音の中で自分がまとまり、強化された。

だが今は日に日に、ボクが占めるスペースは静かに広がっていた。論文を読んでいたときも、小説を読んでいたときも、教会で堀部と話していたときも、最初は小さなものとして生まれたボクは着実に成長していた。Iかボクか、どっちが自分に合っていたか。百合子に理解してほしかった。だが何と言ったらいいか、分からなかった。


結婚式の司祭を務める前に、神戸《こうべ》に住むアーサーという老牧師から正式な認定証を受け取らなければならないと指示された。

「誰が何と言おうと俺たちは本物の牧師だから。ただの形式的な手続きだし、別に試験なんかないけどな」と、ジェームズはいつもの気軽な口調で言った。

堀部はそこで慌てて言葉を挟んだ。「一応自分は信者だと言っておいた方が無難じゃないかと思います」

阪急《はんきゅう》電車の車窓から見えた緩やかな山脈は青空の下で鮮やかに光っていた。関西地方に来るのは初めてで、秋になると常に鉛色の雲に包まれた福井の景色に比べるとまるで海外に渡ったような感じがした。鞄から手帳を取り出して目的地を確認した。自分の稚拙な日本語の文字で書かれた住所の下に、同じことが手慣れた英語で記されていた。

ようやく神戸三宮《さんのみや》駅で降車し、駅前で退屈そうにタバコを吸っていたタクシー運転手に、注意深く書き写した住所を見せた。彼は無表情で頷き、吸いかけのタバコを灰皿に落としてから運転席に乗った。後部のドアが滑らかに開いた。

目的地は駅から少し離れたところにあった。駅前にある幾何学的に配置された新しそうな建物を後にし、なだらかな坂道を登っていった。高度が上がるにつれて車線が減り、道が狭くなって、辺りも静かになってきた。道路の両側に十九世紀に建てられたかのような古そうな洋館が見えた。フェニックスブライダルチャペルとはまた違う。子供の頃にサバンナやチャールストンでも見たような、植民地時代の港町特有の様式だった。

運転手に料金を手渡して車から降りると、眩《まぶ》しくて真っ白なペンキに塗られた洋館の前に立っていた。本館の前にはイギリス風の庭が生い茂り、裏側は山に面していた。

タクシーの音が聞こえたのだろうか、ドアが開き、がっちりした体型の老いた白人が中から現れた。身体に合わない鼻にかかった英語で呼びかけてきた。

「ああ、マイケルでしょう」

「はじめまして」僕は笑顔を見せながらドアに近づいた。

「道に迷わなかった？」

「いいえ、すぐ見つかりました」

「それはよかった、よかった。どうぞ、お上がりください」

背中が自分より倍ほど広い老人について行った。ドアを入ると無意識に靴を脱ぎはじめたが、敷居のような区切りがないことに気づいた。老人の足元を確かめてから、自分の靴を履き直した。

外から見ると広そうな家だが、小さな窓と暗い木材の壁がこもった雰囲気をもたらした。老いた牧師が居間のドア枠をすれすれに通り、靴の重い足音が床に大きく響いた。

「さあ、こちらへお掛けになって」老人は建物自体と同じように古そうな茶色い革張りソファを指差し、そして硬そうな揺り椅子にゆっくりと腰を掛けた。

居間にはテレビがなかった。その代わりに、家具の一つに見えるくらい巨大なレコード・プレイヤーが置かれていた。壁一面を占めた本棚に数多くの分厚い書物が並んでいた。英語のタイトルが多かったが、ところどころ日本語やドイツ語、ポルトガル語らしき標題も見えた。革表紙に金文字で印刷された、高価そうな聖書も何冊か窺《うかが》えた。糊《のり》と埃《ほこり》の匂いがした。

「さて、あなたは牧師になりたいという話を伺っていますが」老眼鏡をかけ、椅子の隣に置いてあった書類を手に取り、じっと眺めた。僕が先週チャペルに提出したもののコピーだ。「福井県福井市文京《ぶんきょう》、フェニックスブライダルチャペル」彼は優しく微笑《ほほえ》んだ。「福井でのお住まいは、長いですか？」

「いいえ、まだ三年目です」

「珍しいですね。最近の若者はみんな東京とか大阪とか、とにかく大都会に行きたがりますが、私に言わせたら地方に行かなければこの国の本当の魅力がわからないと思います」

「大変住みやすいところです」

「あなたは福井に何かのご縁があったのでしょうか？」

スプラウトの採用通知を受けて、「福井」と記された派遣先の欄を見るまでは、その地名すら知らなかった。

「いいえ、たまたまでした」

「なるほど」牧師の笑顔は変わらなかったが、落胆、しかし予想通りの落胆のようなものが、一瞬だけ顔をよぎった。大きな身体を起こし、本棚から聖書を取り出した。彼の分厚い手の中でその書物は薄っぺらに見えた。

「牧師を志願することについてはどうお考えでしょう？　それはもちろん、たまたま、ではないですよね」

「いや、本気でなりたいと思っています。子供のとき、教会に通いはじめた頃から憧れたお仕事です」と即座に答えたが、牧師は何の反応も示さなかった。沈黙を埋めるように僕は話しつづけた。「もともと牧師になるために日本に来たというわけではありませんが、こうしてこのような機会に巡りあえて、大変嬉しく思っています」

若干言いすぎたのではないかと、少し後悔したが、牧師は満足げに頷いた。「それは安心した。たまにね、信者でもない人間が挙式の牧師になろうとします。いや、本当ですよ。結婚する本人たちの多くが宗教に無関心だから、我々もそんなことを気にする必要はないとでも思っているようです」

「へえ」と気弱く答えた。牧師の鋭い碧眼《へきがん》が僕の顔を見つめたまま離れなかった。家屋の外から、風の音が聞こえた。

老人は深呼吸をしながら座りなおし、手の中の聖書を眺めた。「この家はね、十九世紀末に建築されたものです。日本人の言うメイジサンジュウネンダイ」

「立派なお宅ですね」

「そうですね。洋行から帰ってきた方の手仕事です。その頃は近所の教会の牧師館として利用されていたそうです」彼は短く頭を下げた。「私も、自分なりにその伝統を受け継がせていただいております」

牧師はその異常に高い声で続けた。「その頃の知識人は西洋のあらゆるものを熱心に受容していた。ブンメイカイカ、と言ってね。なかなか詩的な表現でしょう。この家も、ある意味で我々が行う仕事も、その伝統に根づいている」話しながら手元の書類にサインした。

「我々がやっているのは単なる仕事ではありません。使命です。聖なる言葉の力で、私たちは人間をつなげて、変容させます。たとえ本人たちがその力を信じなくても、あなたは常に誠実に向き合わなければなりません。その任務を、しっかりと果たしなさい」

牧師の流暢な物言いは、おそらく今まで数多くの牧師を認定するたびに磨かれてきたのだろう。どこまで真に受けるべきか分からなかったが、アーサーは特に答えを求めなかった。ジェームズに指示されたように、僕が封筒に入った「謝礼」を鞄から出すと、老牧師は「そんなのはいいよ」と照れくさそうに笑いながら拒否したが、すでに封筒のほうに手を伸ばしていた。お金を渡すと面接はあっさりと終わった。

牧師はタクシーを呼び出してくれて、到着まで一緒に前庭で待ってくれた。後部席から振り返ってみると、彼が手を振りながら見送っていた。

福井行きのサンダーバード号の中で百合子の本棚から借りた小説を読もうとした。近頃、英文字より日本語の文章を読むことが多くなっていた。だが日帰り旅のせいか、数ページを読んだだけで急に疲労感におそわれた。読書を断念して本を閉じ、車両の軋《きし》みに耳を澄ましながら神戸で見た光景や、アーサーの言葉を思い出した。ふと、アパラチアにある故郷の教会が頭に浮かんだ。そのイメージは、福井にも神戸にも合わなかった。

僕の家族は教会に通わなかった。日曜の朝に町中で教会へ向かう群れを見かけるたびに父親は静かに彼らを罵り、教会なんて偽善者の集いに過ぎないと口癖のように言った。だが僕のクラスメートの多くがその中に入っていて、僕らが学校でいつも着ていたぼろぼろなシャツと着古されたデニムに代えて皆ドレスシャツやズボン、レースのついたワンピースを着ていたところを強い好奇心で見守った。教会の中で一体何が行われているかは想像がつかなかったが、知らないからこそ惹《ひ》かれていたのかもしれない。

一度だけ、教会を訪れることがあった。レズリーという、近所でよく一緒に遊んでいた子が自分の洗礼に誘ってくれた。僕の家族とは違って彼女の両親は信心深くて、僕の魂を救う使命を感じていたのかもしれない。

日曜日の朝に、僕はレズリーの家へ走って向かった。彼女の家族はすでに出かける支度をしていて、僕は一緒に彼女の父親のトラックに乗り込んだ。いつもの服と違って、レズリーは真っ白のドレスをまとっており、いつもより一段大人しい態度を見せていた。髪の毛も珍しくアップで、パーマをかけたようだった。その様子を見た僕は処理できない感情で胸がいっぱいになってくるのを感じた。

トラックが山中に続く道路を走り、深い谷間に入っていった。教会が初めて視野に入ってくると最初は目を疑った。晴れ着が合うとはとても思えない場所だった。谷の土から危

う く立ち上がっている倒れかけた小屋の壁は、羽目板で覆われていて、剝げつつある白いペンキが何度も塗り直されたようだった。葛《くず》の長い蔓《つる》に包まれていた建物は今にもその茂みの中へと消えそうな印象を与えた。そこが谷の一部で、僕らの立ち入りを斥《しりぞ》けそうにさえ見えた。

礼拝が始まるまで教会の前に集まっていた大人はあちこちで懇談していた。レズリーと一緒に葛の中を探検したかったが、誘ってみても彼女はいつもと違って動かなかった。一人でその方向に駆けだしたら、彼女の父親に止められた。

「だめだ。ここは遊び場じゃない」

教会の中に入っても、小学校の校舎とさほど変わらない、平凡な空間だった。長い座席もなく、折り畳み式の椅子が雑な列に並べられただけだった。教壇も台もなく、部屋の前でゆっくりと歩き回っていた中年の牧師は一見して崇拝者と見分けがつかなかったが、彼が立ち止まり、静かに咳払《せきばら》いをすると、一同はしんと静まり返った。彼は説教を始めた。

「皆さん、我々は本日この場で、神様の御名《みな》によって集まり、お祈りいたします」

説教の内容は罪だの地獄だの罰だの、そういった言葉は多かったが、僕はほとんど理解できずに聞き流していた。それより、牧師の深いバリトンの声とそのリズムに注目していた。聞いたことのない、熱意と力に満ちた声だった。牧師の口から発した言葉は小さくて暑苦しい部屋を充たし、聞き手一人一人を巻き込んだ。

説教が終わると、牧師は洗礼を受ける人に集まるように指示した。レズリーもその一人だった。

礼拝者は全員教会から出て、谷を流れる小川に向かって歩いた。決して重々しい雰囲気ではなく、ピクニックにでも出かけるように、皆が笑ったりはしゃいだりしながら川へ進んだ。そこに着くと、最初に洗礼を受けたのはレズリーだった。彼女が牧師の手を取り、水辺まで歩き、そしてゆっくりと水に浸かっていった。その後ろに父親の世代の男性三人が無言でついて行った。

レズリーは水が腰の周りを波打つところまで進み、牧師の指示で止まった。他の礼拝者は川岸から見守っていた。明るい激励を叫ぶ者もいた。

「本日は神様の群れが一人増えます」分厚い聖書を片手に牧師は声を張り言葉を唱えた。

「ただいま、我々のレズリーの再生に立ち会いましょう」

岸に集まった礼拝者から歓声が上がった。牧師がレズリーの両肩を摑み、まるで溺れさせるかのように上半身を水中に強く押し込んだ。礼拝者の歓声が一層大きくなった。

僕の目は水中に浸かったレズリーの影に移った。彼女にとってはこの騒音はどのように聞こえるのだろう。牧師の言葉はちゃんと届くのだろうか。その言葉の意味を理解する余裕はあるのだろうか。それともすべてがあやふやとなって、ただの音となったのか。

数秒も経たないうちに男性たちがレズリーの小さな肩を上げ、彼女の頭が水面から浮かび上がった。大きく開いた目がキョロキョロとして、荒い息が突然静かになったのが信者の誰にでも聞こえた。彼女は顔を上に向け、言葉のない呻《うめ》き声を放った。礼拝者の拍手と激励が続いた。

牧師の声が一層大きくなった。水辺に集まった信者に向け、まるで最初の洗礼を司るような素直な喜びと畏敬で神様を賛美した。その興奮した声に応えて信者の歓声がまた上がり、賛美歌に変化した。周りの人があまりにもうるさくて、僕は牧師の声が聞き取れなくなった。

水が滴り落ちるレズリーの姿を凝視した。なぜか、彼女が校内のグラウンドでキックボールで駆け回っているところを思い出した。彼女はいつも全力で走ってボールを追っていた。競争心が強くて、相手の男子生徒の顔を殴って鼻から血を流させたところを見たこともあった。そんなレズリーと、目の前にいる人物が僕の頭の中で乖離《かいり》していった。そこで立っているレズリーはいつも学校で暴れていた子供とは別人だ。水で濡《ぬ》れた髪と服の生地が彼女の身体にぺたっと張り付いていて、その脆《もろ》い細さを明らかに描いていた。震える表情は動物を思わせるところがあった。

そのときだった。牧師が肩から手を放し、一歩後ずさった。発作が起こったようにレズリーは痙攣しはじめ、倒れそうになり、後ろに立っていた男性陣に支えてもらった。目を瞑《つむ》り、開いたままの口から舌が垂れた。彼女の呻き声が突然別のものに変容しはじめた。

「皆さん、聴いてください！　聖霊の賜物を授かっています！」

言葉ではなかったけれど、言葉のようなものだった。喋り出した赤ん坊のように、ちんぷんかんぷんな言葉で僕らに何かを主張していた。

僕の当惑を感じ取ったのか、レズリーの父親は僕に訊いてきた。

「異言《いげん》を喋る人を見るのは、初めてかい？」

異言。スピーキング・イン・タングズ。

僕には言葉がなかった。無言で頷いた。

「魂の救済の証《あかし》で、選民に約束された言葉だ」と彼は優しく説明した。「マイクもきっと、いつかできるようになる」

水の中でレズリーはあの言葉ではないものを発しつづけた。彼女の父親は嬉しそうに、誇らしそうに彼女を見守っていた。

洗礼を受けた後のレズリーの奇妙な姿は、ずっと僕の脳裏に残った。異言を喋りだしたとき、本当に聖なる力を感じていたのか。そんな力を信じたくて、その渇望が自ずと彼女の口から溢れ出たのか。それとも彼女はただその場で要求された演出を果たしたのか。僕はその見分けがつかなかった。そして本人に聞いてみても、おそらく答えられないような気がした。結局僕が教会を訪れるのは、フェニックスブライダルチャペルに入った日まで、あのときが最初で最後になった。


翌日、神戸から持って帰った書類をチャペルに提出しに行った。

「ご苦労さんでした」堀部は笑顔で認定証を受け取り、事務室のコピー機に丁寧に寝かせた。今日は挙式も打ち合わせもないのに、彼は相変わらず高級そうなスーツをきっちりと着こなしていた。「神戸は楽しめましたか？」

「時間の余裕があまりなくて、アーサーに会ってからそのまま帰ってきました」実はスプラウトからの貯金はかなり減ってきていた。乗車券の購入だけでせいぜいだった。

「それは残念でした。神戸は中華街もあって異人館街もあって、いろんな文化が混ざってて面白いところです」コピー機のオゾン臭が漂ってきた。「福井とは大違いですね」と堀部は笑った。

礼拝堂に入るとジェームズが待っていた。彼はあちこちのスイッチを回って数多くの電気をつけていた。最後に天井からぶら下がるシャンデリアがパッと光った。

「おお、無事に帰ってきたな。あの老牧師は元気にしてた?」

「ああ。あの人、凄いところに住んでるね」

「まあ、あの世代だからな。みんな神秘的な日出《ひい》ずる国を求めてやってきてさ。現実に背いてあんな古臭いとこで気取ってて。笑える」

「確かに、浮世離れした生活を送ってるみたいな感じ」

「浮世離れにしちゃ、俺たちからいい金額を取ってるけどな。でもまあ、無事に認定証を取れたならそれでいい」

その日は挙式の研修を受けた。決まったカリキュラムは特にないようだったが、ジェームズは自らの経験談を繰り広げながら、注意すべき点や問題が起こりやすい点を指摘してくれた。話を聞いてくれる相手を前にしてジェームズは目に見えて上機嫌だった。

「簡単な仕事だ。そもそも客は本当にはおまえのことを見てないから。俺たちはあくまで小道具だしな」

「小道具?」

「チャペルもそうだし、賛美歌もそうで、俺とおまえも同じ範疇《はんちゅう》に入っている。オーディエンスは、おまえのことを別に個人として見てるわけじゃない。単なる表象だ。そこにいるだけで、楽しい楽しい別世界にいるような気持ちにさせる」

「なるほど」

「だから、あまり心配しなくていい。ちょっとくらいミスしても誰も細かく見てない。一つだけの機能を果たしたら結構だ」

ようやくジェームズは話をやめて、指導に入った。姿勢や両足の位置などの身体的な見栄えにこだわった。僕を教壇の後ろに立たせ、さまざまな角度から僕の様子を確認した。ときには堀部がコーヒーを啜りながら僕らの行動を無言で見守った。

ジェームズは僕の立ち方に納得がいったようで、楽にしていいと言ってくれた。

「さて、肝心の台本の練習に入ろうか？」

彼は台詞が印刷された用紙を渡してくれた。三行ずつに書かれていた。日本語で書かれた台詞と、そのローマ字と、その下にはさらに英訳も記されてあった。繰り返しコピーされたコピーなのか、活字は潰れていて空白も謎のノイズまみれだった。

「導入の部分とか挨拶とかは、新郎新婦と相談していろいろ工夫するけど、誓いの言葉は基本的に変わらない。まずはそこから始めよう。俺が一度最後まで読み上げて、そしておまえが真似する」

ジェームズは教壇に登り、姿勢を正して、チャペル全体に通る大きな声で台本を朗読しはじめた。堀部と話すときと違って、彼はやたらと陽気な声で、大げさに訛った日本語を喋り出した。

「太郎さん、あなたはここにいる花子さんを、病めるときも健やかなるときも、喜びのときも悲しみのときも、富めるときも貧しきときも、妻として愛し、敬い、慈しむことを誓いますか？」

ジェームズは素早く教壇の前に回って、「はい、誓います」と自分で答えた。

「ほら、簡単だろ？　一度やってみて」

ジェームズと交代して、僕は教壇に立った。また事務室へのドアのところに立っていた堀部に目をやった。百合子の小説を読んでいたときに頭の中で聞こえてきた声を思い出した。集中力を絞って、できるだけ自然で正確な日本語の発音で、台本の続きを読み上げた。

「花子さん、あなたはここにいる太郎さんを、病めるときも健やかなるときも、喜びのときも悲しみのときも、富めるときも貧しきときも、夫として愛し、敬い、慈しむことを誓いますか？」

一番前の客席に座っていたジェームズの方向へ目を上げて、評価を待った。しかし意外なことにジェームズは困ったように顔をしかめていた。堀部の顔を見たが、彼は思いに耽ったような表情で絨毯《じゅうたん》の模様を眺めていた。

「どうだった？」

「まあまあ。まずは自己評価してみて」

僕はしばらく何も言わずに考えた。

「初めてだし、若干ちぐはぐなところもあったけど、少し練習すればよくなると思う」

ジェームズは笑った。助けを求めるように堀部の方を見て、そして軽く頭を振った。

「さっきの話、聞いてなかった？」

自分の驚きが顔に表れたか、彼はすぐに安心させるような声で言い足した。「いや、良かったよ、確かに。でも、小道具の話がまだわかってないな。というか、本末転倒な考え方をしてる」

僕が当惑した表情で見返すと彼はまた笑いだした。

「考えてみて。客が、挙式を完璧な日本語でやってくれる者を望むなら、日本人の牧師に頼めばいいだろ。ごまんといるし、あいつらは俺たちと違って、常に聖書を脇に抱えてるような本物の牧師だよ。俺たちよりギャラ低いしな。さて、なんで多くの客はガイジン牧師を選ぶか？」

そんなことを考えたことは今までなかった。

堀部も一言を入れた。「無理して日本人の発音を真似する必要はありません。ありのままのマイケルさんでいいですよ」

ジェームズは頷いた。

「結婚式なんて、一種のファンタジーだ」

ファンタジーか。それは一理あった。

「俺たちは、非日常を提供する。ここはいつもの世界じゃないよってメッセージを伝える。むしろ若干稚拙な発音の方が好印象を与える」

ジェームズの説明を聞きながら、不穏な予感が迫《せ》りあがった。今までうすうすとしか意識しなかったことが徐々に収斂してきた。

ジェームズの声は優しくて、小動物を宥《なだ》め賺《すか》すような声色になった。

「そこまで言葉にこだわらなくていい。俺はもう二十年以上この国に住んできて、日本人のように日本語を喋ろうとするガイジンも多く見た。いずれはみんな諦める。だって日本語がよくできたところで別にいいことがあるわけでもないさ。無理しなくても、俺たちには俺たちなりの役割がある」

「役割？」

「そうそう。この仕事って、結局のところオーディエンスを喜ばせることがポイントだろう。与えられた役割を上手に演じればいい」

しばらく返事をせずに、沈黙のままで彼の言葉を咀嚼《そしゃく》した。身体的な打撃を受けたように、腹が痛くなった。

電車をやめて徒歩で帰った。夕暮れに染まった低くて重そうな曇り空を眺めて歩いていたら転《こ》けそうになってふらついた。酔っているかのように、周りの景色がぼやけていた。道路を走る車のヘッドランプが眩しすぎて、その音もうるさい。神戸の旅の時差ボケなのかと一瞬考えたものの、もちろん福井と神戸に時差はない。

マンションに着くと百合子は珍しく先に帰っていた。

「オカエリー」と元気のいい声で僕を迎えてくれた。玄関に突っ立ったまま、彼女の腕に抱かれた。自分の胸にもたれた彼女の頭は清潔な匂いがした。何と言えばいいか考えているうちに彼女は僕の身体を放した。

「どうしましたか？　何かありましたか？」気配を感じ取ったのか、彼女は心配そうに尋ねてきた。

「ううん」慌てて返事した。「ただ、研修で疲れただけです」

「さあ、早く上がってください。ご飯がもうすぐできますよ」

そう言って彼女はキッチンに向かって消えた。僕はしばらく靴を脱がずに立ち竦《すく》んでいた。

なぜ慌てて心にもない返事をしただろうか。彼女に嘘をつく必要はない。ただ本当に言いたいことをどう表現すればいいか分からない。言葉そのものをうっとうしく感じていた。

キッチンから廊下に漏れた明かりとともに温かい料理の匂いが漂ってきた。揚げ物と出《だ》汁《し》と焼きたての白飯の調和した匂い。しばらくそのまま目をつぶり、彼女の音を聴いた。

僕らはリビングの炬燵で彼女が作った料理を食べた。身体が栄養に飢えていたらしく、彼女が皿に盛ってくれたものを一口も残さずに全部平らげた。食事が終わると彼女は取っておきの赤ワインを開け、二人分を注いだ。何かを言ってほしいという雰囲気を発していて、僕はその期待に応えたかったが、適切な言葉が浮かんでこなかった。言葉を探るほど、言葉が逃げていった。自分のことをまるで穴がぽっかりと空いた容器のように感じた。

発言することを諦め、ただ沈黙のままで飲みつづけた。隣に座る彼女もこの意図を読み取れたらしく、何も言わなかった。

彼女の静かな息の音が耳に届くとともに安堵《あんど》感が僕の中で広がった。この深い和みにいつまでも浸りたい。いったん喋りだすと、英語か日本語に巻き込まれてしまう。なぜ今の完璧な融合に言葉を介入させなければならないのだろうか。

彼女が先に風呂に入った。その後に僕が風呂場に入ると、彼女のシャンプーと石鹸《せっけん》の匂いはまだ残っていた。彼女が先ほどまで浸かっていた湯に入りながら、その痕跡をゆっくりと味わった。窓からコオロギの声が聞こえてくる。言葉もなしに、考えもなしに、ただ周りの光景と音声を吸い込み、消化もせずに溜めていた。

風呂から上がると百合子はベッドで先に寝ていた。僕が隣で寝ると彼女はこちらに向きを変え、身を寄せてきた。

「本当に大丈夫ですか？」

いつもの英語だった。今は何よりも言葉を聞きたくなかった。ただじっと寝て、暗い部屋の沈黙を聞いていたかった。返事を考えるのが億劫《おっくう》だった。

彼女は僕の身体に自分の身体を重ねてきた。僕の首や耳に優しく唇を当ててきた。目を開いても彼女の頭から雪崩《なだ》れ込む真黒の髪がわずかの明かりを完全に遮り、真暗な中に彼女の温かい肌と息を感じた。腕で彼女を抱え込み、キスに応えた。

彼女は片手で下着をずらして、ゆっくりと自分の中に僕を受け入れ、腰を動かしはじめた。僕は無言のままで、ただその柔らかい温かみに浸った。

自分は何を求めているのだろうか。この生活は、そんなに悪くないだろう。百合子が求めている相手に、教会が求めているガイジンに、僕はなれるのではないか。必要とされるのは、ほんの少しの演技、ほんの少しの諦め。たったそれだけで、すべてがすんなりといくだろう。

動きが激しくなるにつれて百合子はまた少しずつ、いつもの完璧な英語でいやらしい言葉を喋り出した。

彼女は今何を感じているのか。この言葉は本心を表しているのだろうか。それとも会話練習のような、一種の演技なのだろうか。今まで、彼女の核心にある何かにどうしても触れたかった。しかし発していた言葉が僕らの間に入り、妨げた。

本心か演技か、大した違いではないかもしれない。百合子はある形の生まれ変わりを成し遂げた。僕だって、いつまでも抵抗してはいられない。

そんなことを考えているうちに興奮が冷めた。彼女は腰の動きを止めた。驚いたように、自分の股を見た。萎えたペニスがズルズルと彼女の中から落ち、僕の腹部に情けなく倒れこんだ。それを見ると、僕は滑稽でならなかった。危うく笑い出しそうになった。彼女は何も言わずに僕の身体を降りて、横になって、溜息をついた。

「大丈夫ですよ」と僕は陽気な声で言った。「もう、すべては大丈夫です」

夜明け前に目が覚めた。夜中に熱を帯びていたのか、裸の身体はかすかな寝汗がついていて、シーツにくっついていた。ゆっくりそのシーツを肌から剥《む》き、ベッドから起き上がった。百合子を起こさないように静かに押し入れからスーツを取り出して風呂場に向かった。薄暗い明かりで時間をかけて支度を始めた。

シャワーを浴びようと蛇口に手を出したが、思い直して浴槽に湯を入れることにした。湯が沸いてくるとその中へ入り、身体を徹底的に隅々まで洗い、溜まった汚れと垢《あか》を落とした。終わって浴槽を出ると肌が柔らかくてヒリヒリとして、まるで空気と肌を隔てる境界線がぼやけて風が身体を通るような感覚があった。だがワイシャツを着ると、またすかさず毛穴から滲み出ていた汗で生地が肌にくっついた。

日曜日の朝だけに電車に乗客がほとんどいなかった。窓側の座席に座り、流れていく景色を眺めた。窓の上に、魔女や猫や吸血鬼が楽しそうに騒いでいるイメージが貼ってあった。

そうだ、もうすぐ今年のハロウィーンパーティーだ。百合子を誘って二人で行こう。いや、ジェームズもカオリも、空いていたら堀部も誘おう。みんなで仮装して、一晩だけ自分ではないものになり切ろう。その光景を想像しながら、面白さを堪えきれずに一人で声を出して笑ってしまった。

教会に着いたとき、青空に雲が一つもなかった。結婚式に実に最高の天気だ。中に入ったら職員がすでに準備で駆け回っていた。堀部がいきなり現れて励ましてくれた。

「いよいよですね。心の準備はできましたか？」

「がんばります」と意気込んで返した。

「まあ、がんばらなくてもいいですよ」彼の営業的な笑顔は今日一段と明るかった。「ありのままのマイケルさんでいいです」

「はい！」反射的に即答した。

無雑作に客席を拭っていたジェームズがこちらに向かってきた。

「この前の話、覚えてるよな？　ヨロシク！」僕の肩を揺らした。

「コチラコソ、ヨロシク！」

そう答えながら満面の笑みを浮かべた。口角が裂けそうなほど顔の筋肉が引きつっていた。

準備が終わりかけた頃に挙式の出席者が教会の前で集まりはじめた。事務室の中の鏡の前で僕はスーツの上に着た祭服を点検した。よく見ると、本当に似合っていた。

ようやく来客がチャペルに入り、長い客席を埋めた。僕が入場して、教壇に立つと、冷や汗が地肌から首を伝って洗い立てのシャツの襟に染み込んだ。エアコンの効きが悪く、ステンドグラスから射し込む虹色の日光が暑かった。オルガンの演奏が始まると、その冷や汗がぐっしょりと流れ出し、例のごとく肌が痒くなった。

ジェームズからもらった台本をしっかりと暗記していた。練習のときに台詞を忘れたり言い間違えたりするようなことは一度もなかった。この仕事には段取りがある。それさえ心得ていればすべてが順調に進む。

今日の挙式は普段より一回り大きな規模だった。新郎新婦二人とも裕福な家庭で育った者だそうで、それなりに多くの親戚が出席していた。客席はスーツやフォーマルドレスに埋もれており、ところどころ鮮やかな和服姿がぽっかりと浮かんでいた。同級生、あるいは同僚と思《おぼ》しき若者もあちこちにグループで固まっていた。

オルガニストが甘ったるい賛美歌の演奏を始めた。オルガニストといっても、ただスイッチを入れるだけで、演奏は自動的に行われる。あの人の仕事はオルガンを弾くことではなく、そこに座ってオルガンが誰かに弾かれているよという暗示を身をもって伝えることだった。

演奏の合図でそれぞれの談話が静まり、新郎が堅苦しい足取りで入場した。教壇の前に止まると、彼は神経質な笑いを見せた。ごく普通の、これという特徴のない顔だ。僕は温厚な表情を見せた。どこからともなく新郎に対する仁愛が自分の中で溢《あふ》れてきた。

新婦の行進曲が始まり、巨大な木製扉が開いて、新婦の入場が始まった。長いトレーンを引きずりながら前に進む花嫁はあらゆる方向でカメラフラッシュに照らされた。来客から嘆息と泣き声が聞こえる。その彼女の容姿は僕も感動させ、一瞬、襟元に冷えつつある汗から気を逸《そ》らせた。

新婦が教壇に近づくにつれて来客の視線も少しずつ前方に進んだ。オルガンの曲が終わり、その視線が僕の顔に移った。

こうして不特定多数の視線に晒《さら》されると、自分の中に溜まっていたものがすべて汗とともに流れていったような気がした。自分は中身のない容器に過ぎない。英語にも日本語にも、ステンドグラスに描かれた神にしても到底充たすことができない。彼らの視線を受け入れる。彼らの期待が自分の中で溜まってくるのを感じる。求められた奇妙な訛りのある言葉が勝手に僕の口から溢れ出て、チャペルを充填していく。呪文のように、僕ら全員を一つのものに変容させていく。

「ミナサマー、ヨウコソ。ワタシタチハー、ホンジツ、コノバデー、カミサーマノミナニヨッテアツマリ、オイノリイタシマース……」

本作は第二回京都文学賞受賞作「鴨川ランナー」を加筆修正の上、
書き下ろし作品「異言《タングズ》」とともに掲載したものです。

グレゴリー・ケズナジャット（Gregory Khezrnejat）

1984年、アメリカ合衆国生まれ。2007年、クレムソン大学を卒業ののち、同志社大学に留学。2017年、同志社大学大学院文学研究科国文学専攻博士後期課程修了。現在は法政大学のグローバル教養学部にて准教授。2021年、表題作「鴨川ランナー」にて第2回京都文学賞一般部門・海外部門最優秀賞を満場一致で受賞した。2作目「開墾地」は第168回芥川賞候補作となったのち、書籍化された。2023年、第9回早稲田大学坪内逍遙大賞奨励賞を受賞した。

鴨川《かもがわ》ランナー

2021年10月25日　第1刷発行
2024年1月15日　第3刷発行

著者　グレゴリー・ケズナジャット

発行者　森田浩章

発行所　株式会社講談社
〒112-8001　東京都文京区音羽2-12-21
電話　出版 03-5395-3505
販売 03-5395-5817
業務 03-5395-3615

本文データ制作　講談社デジタル製作

印刷所　株式会社ＫＰＳプロダクツ

製本所　株式会社若林製本工場

N.D.C. 913 174p 19cm
ISBN 978-4-06-524995-6

KODANSHA

京都文学賞とは

京都市は「世界文化自由都市宣言」四十周年を契機に文学の更なる振興とともに京都の歴史と幅広い魅力の再認識、「文化都市・京都」の更なる発信につなげるため、二〇一九年四月、京都文学賞実行委員会を立ち上げ、「京都文学賞」を創設しました。本賞では、「京都」を題材とする小説を「一般部門」「中高生部門」「海外部門」の三部門で国内外から公募し、新人作家の発掘、育成を目指しています。

第二回(二〇二〇年度開催)は、いしいしんじ(作家)、原田マハ(作家)、校條剛(文芸評論家)、大垣守弘(京都出版文化協会代表理事)、内田孝(京都新聞総合研究所所長)、北村信幸(京都市文化芸術政策監)の六名の最終選考委員に読者選考委員の代表五名を加え、計十一名で最終選考会を実施し、応募総数三三一作品の中から『鴨川ランナー』が一般・海外部門の最優秀賞を受賞しました。

〈京都文学賞〉
主催/京都文学賞実行委員会(京都市、京都新聞、一般社団法人京都出版文化協会等)
協力/京都府書店商業組合、文化庁地域文化創生本部、朝日新聞出版、KADOKAWA、河出書房新社、幻冬舎、講談社、光文社、集英社、小学館、祥伝社、新潮社、淡交社、早川書房、PHP研究所、双葉社、文藝春秋、ポプラ社、毎日新聞出版
後援/京都市教育委員会、大学コンソーシアム京都